Vorwort

Nie wieder Krieg - Verzicht auf jede Gewalt - ist das nicht ein Traum, der sich wie ein goldener Faden durch die gesamte menschliche Geschichte hindurchzieht? Leider ist er wohl zu schön, um jemals Wirklichkeit werden zu können. Dieses Wunschbild einer paradiesischen Welt haben vermutlich die Menschen aller Generationen ersehnt, und es ist immer zerronnen, noch ehe die ersten zaghaften Schritte in diese Richtung mit der rauen Realität zusammengestoßen sind.
Theoretisch ist die Vorstellung, bei einer unvermeidlichen Entscheidung zwischen der Erduldung von Gewalt und der Ausübung von Gewalt mutig das schwarze Los zu ergreifen und sich das Leid auf die eigenen Schultern zu laden, heroisch und verlockend, solange sie nicht umgesetzt werden muss. Es ist, für den Alltag zumindest, ein viel zu hohes Ideal.
Wenigen Menschen war es vergönnt sich diesem Ideal zu nähern. Mit Anstrengung fallen mir einige Namen so hoher Vorbilder ein, meist sind es die Begründer großer Religionen oder die Verkünder von Heilslehren im Range von Heiligen.
Tief im Inneren wünsche ich mir eine derartige Stärke so wie viele andere wahrscheinlich auch. Aber ich kenne auch meine Schwächen, weiß um manches Versagen, und ich habe zum Glück noch nicht in Erfahrung gebracht, welches

Maß an Gewalt ich ertragen könnte, ohne dieses Ideal zu verleugnen, käme ich in eine Situation, die mir eine Entscheidung abfordern würde.

Wer kann sich schon sicher sein, wie er aus einer so schweren Prüfung hervorgehen wird, besonders wo wir uns doch schon um manche kleine herum mogeln? Wie gut, dass solche Entscheidungen im täglichen Leben nur in Ausnahmesituationen an uns herangetragen werden.

So viel zu dem Ideal der Gewaltlosigkeit. Doch die gesamte Thematik der Gewalt hat noch viele Facetten. Beim Nachdenken entstehen Widersprüche, die sich schwer oder überhaupt nicht auflösen lassen.

Auf den ersten Blick scheint es sicher, dass Gewalt, die man selbst ausübt, die Gesamtmenge der Gewalt dieser Welt erhöht. Doch schon bei dieser simplen Erkenntnis gerate ich in gedankliche Schwierigkeiten. Begünstigt man nicht auch die Gewalt, wenn man sie duldet, sie gewähren lässt?

Wie sieht das aus, wenn du zuschauen musst, wie gegen Menschen Gewalt ausgeübt wird, wenn du siehst, wie wehrlose Opfer geschunden werden? Kannst du da passiv bleiben mit duldender Tatenlosigkeit gegen offensichtlich ausgeübte Brutalität?

Nicht einbeziehen möchte ich in den Zusammenhang mit der direkt erlebten Brutalität die unüberschaubare Gewalt, der so viele Menschen in dieser Welt täglich durch ungerechte gesellschaftliche Strukturen ausgeliefert sind und die uns ebenfalls nicht gleichgültig werden darf. Mit dieser Unterdrückung, aus Machtgier und Herrschsucht, gibt es sicher viele Überschneidungen und Gemeinsamkeiten zu direkter Gewaltausübung, doch das würde zu weit fortführen von dieser weit einfacheren Geschichte.

Um beim Thema zu bleiben, fahre ich mit der Erzählung einer kleinen erlebten Begebenheit fort, die meine Schwierigkeiten mit dem Begriff der Gewalt verdeutlichen soll. Mitten in einer Kleinstadt bemerkte ich auf dem Platz vor der Kirche eine dichte Menschenmenge. Neugierig schob ich mich nach vorn. Drei brutal aussehende Burschen waren dabei einen blutend am Boden liegenden jungen Mann mit Fahrradketten zu bearbeiten. Ich schrie: „Aufhören! Ihr schlagt ihn ja tot!" Da hielt mir ein vierter Mann eine abgeschlagene Flasche an den Hals. Ich wich zurück und rief in die Menge: „Helfen Sie doch!", worauf mir einer der Zuschauer einen Vogel zeigte, indem er sich an den Kopf tippte. Ich sah keine Möglichkeit einzugreifen, doch hätte ich in der Menge Bundesgenossen gefunden, ich hätte nicht gezögert ebenfalls Gewalt auszuüben, um dem Opfer zu helfen. So fehlte mir der Mut mehr zu tun, als eilig eine Telefonzelle zu finden und die Polizei zu verständigen. Als die Polizei eintraf, zerstreute sich die Menge, auch die Täter waren verschwunden und man fand nur am Boden einen schwerverletzten Mann.

Der Mann überlebte, wie ich später erfuhr, aber ich befürchte, viele seiner schweren Verletzungen entstanden noch in der Zeit, die verging, bis die Polizei eintraf.

Dieses Erlebnis brachte mich dazu meine Idealvorstellungen von Gewaltlosigkeit zu überdenken - ich war sehr von den Gedanken Gandhis beeinflusst. Ehrlicherweise muss ich zugeben, zu einem endgültigen Ergebnis bin ich nie vorgedrungen. Alle Bemühungen führten in ein Dilemma und hinterließen Ratlosigkeit.

Doch ich muss mich korrigieren, diese Aussage ist nur zu einem Teil richtig. Mit der Zeit, ganz allmählich hat das Wort Gewalt einen anderen Inhalt für mich bekommen. Ich erkenne die Notwendigkeit für das Gewaltmonopol eines demokratischen Rechtsstaates an und ich akzeptiere die Ausübung von Gewalt zur Verteidigung von schutzlosen Menschen.

Gegen Diktatoren, die ein ganzes Volk unterdrücken, Menschen foltern und töten, ist oft kein anderer Weg vorhanden, als sie mit allen Mitteln zu bekämpfen. Das Gleiche gilt für Extremisten, die sich aufgerufen fühlen alle Menschen in ihr Maß zu zwingen, sei es nun aus politischen oder religiösen Gründen. Wenn ich heute den teils versteckten Ruf nach Gewaltlosigkeit gegenüber Terroristen und Gotteskriegern aller

Art vernehme, nach Überzeugungsarbeit, die notwendig wäre, und Besserung der sozialen Situation, um sie in die normale Gesellschaft zurückzuführen, dann graut es mir bei all meinen noch immer vorhandenen Idealen und Einsichten in die Schwierigkeiten der globalen Gesellschaft. Dann vermute ich hinter diesen Forderungen eher verborgene Feigheit als Menschenliebe.

Ich begann mir auszumalen, wie es sei, wenn man vor der beispiellosen Maßlosigkeit in der Gewaltanwendung dieser Leute, denen Massenmord nur ein Hilfsmittel zur Erreichung ihrer Ziele ist, kapitulieren würde, Schritt für Schritt etwas nachgeben würde, bis schließlich der Moment vertan ist die Gefahr beseitigen zu können.

Falls wir nicht mehr imstande sein sollten unsere Freiheit gegen Gewalt zu verteidigen, sind unsere Ideale von Gewaltlosigkeit leer. Eine Einzelperson kann der Gewalt widerstehen, eine Gesellschaft muss durch mutiges Eintreten für Freiheit und Menschenwürde geschützt werden.

Kap.1 Das Paradies

In Tibet zu Füßen des Dachs der Welt ist die prächtigste Stadt der Erde entstanden. In einem Tal angefüllt mit üppigen Gärten und Parkanlagen sind prunkvolle Paläste errichtet. Marmorstraßen gliedern die Grünanlagen und unterirdische Röhren eines ausgeklügelten Transportsystems verbinden die Bauwerke, ohne die Idylle zu stören. In den gepflegten Parkanlagen mit üppigen Blumenrabatten, künstlichen Felsen, Büschen und hoch aufragenden Bäumen sprühen Fontänen ihre Wasserstrahlen in kunstvollen Rhythmen in die Höhe.

Diese Außenanlagen sind gelungene Mischungen zwischen zierlicher chinesischer Landschaftsgestaltung und europäischer Gartenkultur. Das ganze Tal ist ein kostbares Juwel, ein von Menschenhand geschaffenes Kunstwerk inmitten einer majestätischen Kulisse von hoch aufragenden Bergriesen. In dieser Höhenlage im Schatten der schneebedeckten Bergketten würde niemand eine so reichhaltige Vegetation vermuten und dennoch gedeihen hier sogar südliche Büsche und Bäume, die durch geschickt abgeschirmte Strahler an trüben Tagen mit Licht und Wärme versorgt werden. Modernste Technik sorgt dafür, dass diese Pflanzen sogar kalte Winter überstehen können.

Müßige Männer in langen Gewändern, die mit umgehängten prächtigen Dolchen und bestickten Schärpen geschmückt sind, schlendern mit Turbanen auf dem Haupt durch die Gärten oder sitzen auf gepolsterten Bänken und beschäftigen sich mit Brettspielen oder sie führen in Gruppen beim Tee und der Wasserpfeife Männergespräche über Mannbarkeit und Kampf. Ihre braungebrannten bärtigen Gesichter atmen Abenteuer. Geschichten aus „Tausend und einer Nacht" scheinen lebendig geworden zu sein.

Diener huschen hin und her und bringen Speisen und Getränke. Es herrscht eine Atmosphäre von Ruhe und Frieden, trotz dieser wilden, abenteuerlichen Gestalten.

Doch ist das nur ein oberflächlicher Eindruck, es ist die Stimmung, die über den Gärten liegt, die Natur, deren Stimmen durch keine störende Laute unterbrochen wird, der Gesang der Vögel und das Plätschern der Brunnen, denn wer genauer hinsieht, würde sicher schon bei den scheuen Bewegungen der Diener misstrauisch werden und den Eindruck von friedlicher Harmonie korrigieren müssen.

Wer sollte aber solche Betrachtungen anstellen, denn besuchen kann man diesen Ort kaum. Er ist den hier ansässigen Auserwählten vorbehalten, und so gibt es nur spärliche Berichte, die von auserlesenen Journalisten stammen, natürlich nur von solchen muslimischem Glaubens, die einer Einladung folgen durften. Diese Einladungen bieten die sehr seltenen Gelegenheiten, Kunde von dort zu erhalten. Ein Muslim wird aber die Gegebenheiten dort auch ein wenig in einem anderen Lichte sehen als ein sogenannter Ungläubiger, dem alles noch fremder wäre. Die eingesessenen Bewohner des Paradieses haben kaum ein Interesse an Öffentlichkeit, sie brauchen den Rest der Menschen nur, damit durch sie Wohlstand und Lebensunterhalt gesichert werden.

Unzugänglich zwischen den hohen Bergen ist dieses liebliche Tal gegen jeden Eindringling bestens gesichert wie eine uneinnehmbare Festung. Undenkbar, dass ein Flugkörper unbeschadet die Barrieren überwinden könnte, noch könnten Mensch oder Tier dieses Tal unerbeten lebend betreten. Ein geostationärer Satellit beobachtet jede Bewegung in einem Umkreis von einhundert Kilometern um dieses Tal. In einem Befehlszentrum wird alles ausgewertet und analysiert. Jede unklare oder als Bedrohung erkannte Situation würde sofort Gegenmaßnahmen hervorrufen.

Der Kranz der hohen Berge ist zu einem Bollwerk modernster Waffentechnik ausgebaut.

Diese moderne Trutzburg ist Sitz des neuen Gottes Dal-Re, des Bezwingers der Menschheit und Herrschers über den Gottesstaat und über die ganze Welt. Nachdem das Paradies hier an diesem Ort nach Weisungen Dal-Res von der Erdbevölkerung in harter Fronarbeit erbaut und fertiggestellt worden war, ergoss sich Allah, er sei gepriesen, in diesen prächtigen Helden und machte ihn zum Teil seiner Gottheit. Seit dieser Zeit herrscht Allah unmittelbar in der Person Dal-

Res über den gesamten Erdball, so sagen es die unangreifbaren Gotteskrieger, die Propheten Dal-Res.

Dieser Gott selbst residiert in dem prächtigsten aller Paläste, dem schönsten und größten, der je auf der Erde erbaut wurde. Schon dieser Palast hat die Ausmaße einer kleinen Stadt. Im Zentrum überragt eine mächtige Kuppel aus farbigem Glas die kunstvollen Gebäude. Sieben goldene Kuppeln umranden das Zentrum. Dazwischen erheben sich anmutige Türme und schlanke Minarette. Die Mauern und Türme sind mit bunten Mosaiken ausgekleidet und mit filigranen Ornamenten geschmückt. Verbunden sind die kunstvoll ausgeführten und mit zierlichen Balkonen versehenen Gebäude durch Säulengalerien.

Gläserne Wandteile sind wie die wenigen Fenster des Zentralpalastes verspiegelt. Die farbenfrohen Außenmauern der umgebenden Palastgebäude sind alle fensterlos. Kein Blick vermag es in das Innere des Palastes einzudringen.

Eine ornamentgeschmückte gekachelte hohe Mauer umgibt den gesamten Komplex. An dieser Außenmauer, von außen nicht einzusehen, sollen die Gebäude der Dienerinnen und der Frauen Dal-Res liegen - so sagt man. Niemand weiß es wirklich, doch wird erzählt von den wunderschönen jungen Frauen, es sind so viele, wie der Gott an Jahren zählt. Und der Gott zählt viele Jahre, embryonale Stammzellen lassen ihn in den besten Mannesjahren verweilen und seine fast hundertfünfzig Lebensjahre vergessen.

Niemand bekommt die lieblichen Frauen des Gottes je zu Gesicht, in den seltensten Fällen sehen die Vertrauten Dal-Res bei Besuchen im Palast von ferne vermummte Schatten. Man sagt, es wären alles junge, reizende Frauen von erlesener Schönheit, niemals dürften ältere Frauen die Gemächer des Erhabenen betreten, jedoch wer weiß das mit Bestimmtheit. Sollten diese Geschichten stimmen, wäre es rätselhaft, wo die Frauen bleiben, wenn sie nicht mehr jung sind. Es hat noch niemand erlebt, dass gealterte Frauen aus dem Palast entlassen wurden.

Nur die Diener bleiben dort wohl ein Leben lang, wahrscheinlich bis ins hohe Alter, doch normale Diener dürfen den inneren Palast ohnehin nicht betreten. Allen Dienern und Dienerinnen ist das Betreten der Privaträume des Herrschers untersagt. Im inneren Bezirk dienen nur einige treue Eunuchen.

Im Paradies leben neben der kleinen Schar von Gotteskriegern grob geschätzt vier- bis fünftausend Frauen, etwa dreitausend Eunuchen und ungefähr zehntausend Diener beiderlei Geschlechts.

Um die große Zahl der Diener und Eunuchen verstehen zu können, muss man die soziale Lage der Welt nach den großen Auseinandersetzungen berücksichtigen.

Nach der Kapitulation der freien Staaten vor den Gotteskriegern waren nicht überall auf der ganzen Welt ungeteilte Niedergeschlagenheit, sondern auch Freude und Jubel anzutreffen. In den islamischen Ländern tanzten die Gläubigen in den Straßen und feierten Freudenfeste. Denn gerade in diesen Ländern herrschte große Armut mit wenig Hoffnung auf eine Besserung in der Zukunft, denn es gab für die armen Massen kaum Schulen, um das Bildungsniveau anzuheben, und nicht genügend Kliniken oder sonstige soziale Einrichtungen. Die Segnungen der modernen Welt waren den wenigen Mächtigen vorbehalten. Nun hofften die Gläubigen auf die Besserung ihrer Lage im kommenden Reiche Allahs. In der arabischen Welt kam noch der blutige Konflikt mit Israel hinzu, der diese Völker mit Hass überzogen hatte. Nun war es mit der Macht und Vorherrschaft Israels vorbei, auch der Staat Israel musste kapitulieren und der Mob nahm blutige Rache.

Die bisher herrschende Klasse, die Religionsführer und auch die Scheichs und sonstigen Herrscher, die den Konflikt mit Israel zur Stabilisierung der eigenen Macht missbraucht hatten, besaßen vordem grenzenlose Macht und kaum vorstellbaren Reichtum. Sie hatten aber wenig Interesse daran das soziale Niveau zu heben, denn dadurch sahen sie ihre Vorherrschaft gefährdet. Nun waren sie bemüht ihre bisherige Machtposition zu erhalten oder zumindest in einem gewissen Rahmen abzusichern. Sie mussten also dem Gottesstaat im Paradies

tatkräftige Unterstützung zukommen lassen und wie bereits in der Vergangenheit geschah das auf Kosten der Ärmsten.
Außerdem waren weite Bereiche durch regionale Auseinandersetzungen verwüstet worden. Hinzu kam noch ein anderer Umstand. Obwohl die bisherigen Herrscher der islamischen Welt mit dem Vorkommen großer Ölreserven einen nicht unbeträchtlichen Machtfaktor in den Händen gehalten hatten, war die Bevölkerung dieser Länder bisher auf Unterstützung der wohlhabenden industriellen westlichen Länder angewiesen, die, obwohl nicht ganz schuldlos an dem starken sozialen Gefälle, bei großen Hungerkatastrophen oder sonstigen ausuferndem Elend eingriffen und Teile ihres Überflusses in diese Gebiete schickten. Diese sogenannte humanitäre Hilfe war nach der Machtübernahme der Islamisten zum Erliegen gekommen.
Die Verteilung des Erdöls regelten nun die neuen Herrscher der Welt, sonst änderte sich wenig.
Diese religiösen Eiferer kümmerten sich nicht um das weltliche Elend, und die Hoffnungen der verarmten Massen wurden betrogen. Doch es gab einen Ausweg dem Hunger und der Verelendung zu entkommen. Die Familie musste eines ihrer Kinder zu Diensten ins Paradies überstellen und erhielt dafür als Ausgleich eine laufende finanzielle Unterstützung. Außerdem gab es für diese Kinder noch die Verheißung, nach ihrem Tode im Jenseits einen besonderen Platz zu bekommen, einen Platz sehr nah bei den Märtyrern und

Heiligen. So kam es, dass ein reichliches Angebot für Diener und Versorgungspersonal vorhanden war.

Vor dem Eintritt ins Paradies wurden die neuen Diener für ihre Aufgaben ausgebildet und zeugungsunfähig gemacht, eine Maßnahme, um Komplikationen im Sozialgefüge des Paradieses zu vermeiden. Den Männern wurde durch einen kleinen und harmlosen Eingriff der Samengang unterbrochen, wodurch keine Beeinträchtigung in der Lebensqualität eintrat, und bei den Frauen wurden die Eierstöcke entfernt, wodurch sie leider von künstlichen Hormongaben abhängig wurden. Junge Männer, die sich kastrieren ließen, brachten ihrer Familie eine weit höhere Unterstützung ein und erreichten als Eunuchen eine bessere soziale Stellung im Paradies und konnten selbst im Jenseits auf eine noch bessere Platzierung hoffen.

Die Herrschenden in den islamischen Ländern profitierten von diesem Handel mit jungen Menschen, sie wurden zu Verbündeten des Gottesstaates und waren weit weniger Repressionen ausgesetzt als die Regierenden in anderen nicht islamischen Ländern. Aber auch sie mussten sich dem Primat der siegreichen Propheten Dal-Res unterordnen und waren ihnen gegenüber rechtlos. Alle wirklichen Entscheidungen gehen ausschließlich vom Paradies aus, genau genommen von dem Herrscher, der Gottheit, der Inkarnation Allahs auf Erden.

Wenn Gotteskrieger bei seltenen Gelegenheiten zu ihrem Gebieter gerufen werden, öffnen sich ihnen zum Empfang nur bestimmte Gemächer des Mächtigen, in denen dann normale Diener die Gäste aufs Köstlichste bewirten. Diese Diener verschwinden rasch, bevor die Gottheit den Raum betritt, dann versehen die Eunuchen notwendige Bewirtungen. Der Anblick so niedriger Geschöpfe würde die Gottheit beleidigen.

In der Regel empfängt der Herrliche seine Krieger hingegen in der unterirdischen Befehlszentrale, die - wie auch alle Bauwerke untereinander - durch einen Tunnel und eine Schnellbahn mit dem Palast verbunden ist. Diese Empfänge in den mit technischen Anlagen gespickten Hallen sind komplizierte Zeremonien, ein langer inbrünstiger Gottesdienst verwoben mit dieser Hightech-Welt.

Kaum kann man sich einen größeren Widerspruch vorstellen, wie er bei dem Zusammentreffen so verschiedener Welten auftritt. Den Gotteskriegern des Allmächtigen jedoch, diesen Auserwählten, ist das eine selbstverständliche Einheit. Es gibt nur noch wenige alte Weggefährten Dal-Res, die zusammen mit ihrem Herrscher das Paradies gegründet haben und mit ihm hier eingezogen sind. Sie sind hoch geehrt und bekleiden herausragende Stellungen. Die meisten Gotteskrieger sind hier aufgewachsen, vom Beginn ihres bewussten Lebens an immer im Paradies, das sie erst nach sorgfältiger Ausbildung gelegentlich einmal verlassen dürfen, um notwendige Herrschaftsaufgaben jenseits des Paradieses zu übernehmen.

Woher kommt der Nachwuchs für die Gotteskrieger? Neben den natürlichen Nachkommen des Gottes sind es ausgewählte Säuglinge aus allen Ländern, die nach genetischen Kriterien aus den Kliniken verschleppt und dann gemeinsam mit männlichen Nachkommen Dal-Res erzogen und unterrichtet werden. In kleinen Gruppen durchlaufen sie eine strenge Schulung, um dann an einer technischen Universität das gesamte Rüstzeug eines modernen Spezialisten zu erhalten. An den Universitäten lehren die besten Wissenschaftler der Welt, jedoch sie führen ein Sklavendasein, ständig kontrolliert und bedroht, ohne Rechte. Den Weisungen der Gotteskrieger unterworfen halten sie den Unterricht im Beisein von Beobachtern, den sogenannten Imanen, ab. Persönliche Kontakte der Lehrenden mit ihren Schülern sind untersagt, ihre Aufgabe ist lediglich die Vermittlung ihres Fachwissens.

Weibliche Nachkommen des Gottes werden isoliert gehalten, streng bewacht wachsen sie ohne wissenschaftliche Bildung heran. Sie erlernen den Tanz, die Fertigung von Stickereien und Teppichen und das Spielen von Instrumenten. Ihr Schicksal ist es, schon im jungen Alter als Auszeichnung in den Harem eines Kriegers gebracht zu werden. Garderobe aus kost-

baren Stoffen und wertvoller Schmuck sind alles, was ihnen einen Ausgleich für die lebenslange Isolierung und Rechtlosigkeit geben soll. Diesen Töchtern Dal-Res öffnet sich dann im Harem eine Sonderrolle. So rechtlos sie auch dem Manne gegenüber sind, haben sie doch gegenüber den anderen Frauen eine Machtposition, die viele Töchter Dal-Res leider auch schamlos ausnützen. Die zwangsweise entführten Frauen aus aller Welt, die in den Harems der Krieger eingesperrt sind, bilden die wohl rechtloseste Gruppe in diesem Sozialgefüge, noch unter derjenigen der Dienerschaft. Die Streitmacht des Gottes ist nicht sehr groß, zusammengenommen sind es kaum mehr als fünfhundert Gotteskrieger, die über alle Menschen herrschen. Sie leben in prächtigen Palästen, die rund um den Gottespalast angeordnet sind, mit eigenem Harem nebst Eunuchen und einer Schar von Dienern. Selten nur begibt sich einer von ihnen in die Welt, wo das gemeine, verabscheuungswürdige Leben herrscht.
Die Menschen in den Ländern dieser Erde verwalten sich in engen Grenzen selbst und regeln ihre Geschicke in eigener Verantwortung, doch wehe, einer verletzt die Weisungen und Gebote des selbst ernannten Gottes oder sie führen den ihnen auferlegten Tribut nicht pünktlich ab, drastische Strafen drohen dann der Menschheit. Oberstes Gesetz ist die Scharia, die Rechtslehre des Koran. Diesem Gesetz müssen sich die Rechtssysteme aller anderen Staaten unterordnen.

Um den gesamten Erdball ist ein Netz von deponierten und gesicherten ABC-Waffen eingerichtet, sichert die Herrschaft und hält die Menschen in Schach.

Im Datennetz lauern Vernichtungsprogramme, die die Atomwaffen und andere heimtückische Waffen, chemische und biologische, aktivieren können und auch bei Bedarf geeignet sind, das gesamte Datennetz lahmzulegen. Diese Terrormaschinerie ist unangreifbar, ein etwaiger Versuch sie zu manipulieren oder auszuschalten würde sie auslösen und ihr Vernichtungswerk würde über die Menschheit hereinbrechen.

Verlässt ein Gotteskrieger das Paradies, um verschiedene Aufgaben draußen in der Welt zu erledigen, stehen ihm alle Privilegien zur Verfügung. Er muss mit Fahrzeugen, Nahrung und Material versorgt werden, ihm sind alle verlangten Hilfen einzuräumen, jedermann muss ihm Unterstützung, Gehorsam und Ehrerbietigkeit gewähren. Selbst gegen den Raub von Säuglingen und von jungen Frauen ist die Erdbevölkerung machtlos, ja sie muss sogar den Propheten Dal-Res bei solchen Aktionen behilflich sein.

Dort, jenseits des Paradieses, ist ein Gotteskrieger Herr über Leben und Tod, ein unbeschränkter Herrscher im Namen seines Gottes. Todesstrafen werden schon aus nichtigen Anlässen verhängt. Über die Rechtmäßigkeit einer solchen Tat kann nur der neue Gott Dal-Re selbst befinden, und dass dieser Ausschreitungen oder gar Morde seiner Krieger tadelt, ist mehr als unwahrscheinlich. So ist die eingeschränkte Selbstverwaltung der Erdbevölkerung nur eine spezielle Form der Sklaverei.

Kapitel 2   Rhesa

Rhesa ist erst vor wenigen Wochen als neues Mitglied in die verschworene Gemeinschaft der Gotteskrieger aufgenommen worden. Im unbedingten Gehorsam aufgewachsen hat er die Universität durchlaufen und ist in vielen Wissenschaftsbereichen und vor allem in moderner Technik bestens ausgebildet. Die Härte der Ausbildung in Schule und Universität hat bisher seine ganze Hingabe gefordert und ihm keine Muße für persönliche Freiräume gelassen. Der Unterricht dauerte vom frühen Morgen bis in den späten Abend, nur unterbrochen von eiligen Mahlzeiten und den fünf obligatorischen gemeinsamen Gebeten.
Die Mitschüler waren zusammen geschweißt zu einer festen Einheit, einer homogenen Gruppe, ohne persönliche Merkmale, ohne Einzelkontakte und ohne Freundschaften. Es gab keinen Gedankenaustausch untereinander, denn es gab keine eigenen Gedanken, nur den Koran und fachliche Fakten. Zerstreuungen waren nicht denkbar, während der

ganzen Ausbildungszeit war Rhesa nie allein, aber auch nie in wirklicher Gesellschaft, er war Bestandteil der Zöglinge.

Nach der Ausbildung ist er nun ein Auserwählter, ein Krieger Gottes. Er hat sein eigenes Domizil, einen viel zu großen und prächtigen Palast, er hat Diener und ist gleichberechtigter Prophet Dal-Res. Sein einziges Lebensideal ist es zu dienen und sich für jede ihm gestellte Aufgabe bereitzuhalten. Das ist Pflicht in diesen erlauchten Kreisen.

Störend macht sich schon nach kurzer Zeit ein Mangel an Geduld bei ihm bemerkbar. Rhesa ist voller Tatendrang, sein dringendster Wunsch ist es sein Wissen zu erproben und seine Treue zu beweisen. Doch er muss seine Tage mit Spaziergängen und Gebeten verbringen. Nach den Anforderungen der Ausbildung ist eine große Leere entstanden, er fühlt sich unausgefüllt und allmählich ausgesprochen unwohl in seiner neuen Stellung. Für zwei Wochen ist er nach dem Universitätsabschluss in der Zentrale gewesen, um in alle technischen Einrichtungen eingewiesen zu werden. Das hat ihm gefallen, da konnte er sich engagieren. Mit großem Eifer hatte er sich dem letzten Teil seiner Ausbildung gewidmet. Viel zu schnell vergingen diese interessanten Tage, in denen er vom frühen Morgen bis in die späte Nacht vor den Geräten saß, um sich in die komplizierte Technik hineinzuarbeiten. Die Ausbildung in Schule und Universität war sehr gründlich gewesen, spielend leicht fand Rhesa deshalb den Zugang zu den komplizierten Einrichtungen der Zentrale, die vollgestopft mit modernster Technik sämtliche Einrichtungen ziviler und militärischer Belange kontrolliert und leitet. Die zwei Wochen genügten, um gänzlich vertraut mit allen Systemen zu werden, und dennoch bedauert es Rhesa sehr, dass diese Episode nun abgeschlossen ist. Heimlich beneidet er jene Kameraden, deren Aufgabe darin besteht, ständig ihren Dienst in der Zentrale zu verrichten.

Zweimal hat Rhesa sogar direkten Kontakt zu seinem Gott gehabt und die Entzückung genossen, welche die Gegenwart der Gottheit erzeugt. Er zehrt noch von diesen Erlebnissen aber nachdem die Vorbereitungszeit für ihn vorbei ist, macht ihn die stete tägliche Untätigkeit mehr und mehr nervös. Gern wäre er weiter in das technische Zentrum gegangen, um neue Möglichkeiten zu erproben. Aber leider kann man nur dorthin befohlen werden oder mit guten Gründen eine Erlaubnis von höchster Stelle erhalten. Freude an einer Arbeit ist ein persönlicher und damit kein guter Grund. So muss Rhesa warten, bis ihm eine Aufgabe zugewiesen wird. Es ist das Schicksal eines Soldaten, er hat zu warten und bereit zu sein.

Was ihm bleibt, sind Gleichklang und Ruhe gepaart mit Langeweile, Brettspielen im Park und Männergesprächen, die durchsetzt sind von Zoten und Prahlereien über sexuelle

Großtaten. Solche Prahlereien sind Rhesa ein Gräuel, und er hält sich fern von diesen Gesprächskreisen. Andere gesellschaftliche Kontakte gibt es nicht, es ist genauso wie früher in der Schule, man ist in einer sehr festen Gemeinschaft, aber vollkommen isoliert ohne jeden persönlichen Austausch, abgesehen von der schon erwähnten oberflächlichen Kumpanei.

Die Tage schleichen dahin, ohne Kontakte zu der Außenwelt, ohne Rundfunk, ohne Musik, ohne Zerstreuung, es gibt nur den Koran, erlesene Speisen und Getränke, ein mehrstündiges Training des Körpers sowie Wanderungen im Park und in der eigenen Fantasie. Das ereignislose Dahinplätschern gleichbleibender Übungen und all das Wohlleben unterbrochen von den täglichen Gebeten bringen Rhesa keine Befriedigung.

Er könnte sich nun Frauen nehmen, wie es seine anderen neu eingeführten Kameraden taten, das ist eine Möglichkeit wenigstens seinen Palast mit Leben zu füllen. Es stehen genügend Frauen zur Verfügung, aber jeder Gotteskrieger darf auch das Paradies verlassen und beliebig viele Frauen für seinen Harem entführen. Die Verwaltungsorgane aller Staaten sind sogar verpflichtet bei diesen Entführungen behilflich zu sein. Die Frauen werden dann, ohne eine Möglichkeit sich zu erwehren, in das Paradies verschleppt und dort in den Palästen verborgen gehalten. Die so entführten Frauen versuchen anfangs oft, aber meist vergeblich, sich durch Suizid ihrem Schicksal zu entziehen.

Rhesa empfindet große Unsicherheit gegenüber diesen rechtlosen Wesen, er meint alle Frauen zu verachten und bleibt deshalb in seinem schönen Palast mit den vielen Zimmern allein. Als Diener sind ihm einige jungen Männer und einige Eunuchen zugeteilt worden. Sie sind rechtlos seiner Willkür ausgeliefert und wie alle untergeordneten Menschen scheu und unterwürfig. Rhesa hat die Eunuchen wieder zurück zu der internen Verwaltung geschickt, es sind ja keinerlei Frauen im Haus, und er begnügt sich mit den verbleibenden wenigen Dienern, gerade genug, um alle Arbeiten in seinem Palast zu erledigen und für seine Bequemlichkeit zu sorgen.

Es wäre ihm nie in den Sinn gekommen tägliche Besorgungen selbst zu erledigen, selbst An- und Auskleiden, die Gestaltung der Mahlzeiten und alle anderen täglichen Dinge werden von der scheuen Dienerschar besorgt. Das alles geschieht unauffällig, kaum muss Rhesa das Wort an einen der Diener richten. Schon in der Schule und an der Universität wurden diese niederen Arbeiten von Dienern erledigt, die auch dort reichlich vorhanden waren.

Apparaturen, um äußere Kontakte herzustellen, gibt es in den Palästen hingegen nicht. Funk und Telefon sind tabu, Fernsehen und Radios oder Musik sind Einrichtungen Satans, lediglich ein kleines Gerät zur Verbindung mit der Zentrale trägt jeder Gotteskrieger am Handgelenk, empfangsbereit, nur zur unbedingt notwendigen Verständigung und normalerweise stumm. Mit diesem Gerät wird fünfmal am Tage zum Gebet gerufen, das ist für jeden das benötigte Zeitmaß, mehr ist nicht notwendig, selbst Uhren sind verpönt.

Sei es aus Langeweile oder aus Neigung, Rhesa beginnt sich intensiv mit dem Tierreich zu beschäftigen. Zunächst in seiner nächsten Umgebung, diesem üppigen Tal zwischen den hoch aufragenden Bergen. Aber leider, viele Tiere leben nicht in diesem seltsamen Paradies. Vorwiegend sind es Insekten, Schmetterlinge und Vögel und dann noch die bunten Fische, die sich in den Becken der Fontänen tummeln, und die Wasserbewohner der Bäche, die zahlreich die Hänge herabstürzen. Größere Tiere gibt es nicht, abgesehen von Bergziegen, die manchmal bis in das Tal heruntersteigen. Einen ganzen Sommer lang genießt Rhesa seine neue Passion, und diese Leidenschaft nimmt ihn immer mehr gefangen.

Allmählich aber verlangt es ihn nach mehr, so riesig groß ist das Reich der Tiere, und er ist so begrenzt in seinem Drange nach Ausweitung seiner Studien. Rhesa wagt es an seinen Gott mit der Bitte heranzutreten, ihm zum Zwecke der Ausweitungen seiner Forschungen den Gebrauch einer Internetverbindung des technischen Zentrums zu gewähren. Zu seiner Überraschung erhält Rhesa sofort, ohne Einschränkung, die Erlaubnis Daten abzurufen. Die Aneignung von Fachwissen ist im Interesse des Gottesstaates und kann von Vorteil für den Bestand der Herrschaft sein.

Nun hat er die ersehnte Eintrittskarte zu der Zentrale.

Das Datennetz des Gottesstaates ist absolut sicher vom Verbund mit der allgemeinen Datenautobahn abgetrennt. Nur von der Zentrale aus können von einem Gerät, das keinerlei Verbindung mit den übrigen elektronischen Geräten mehr hat, Daten abgerufen oder verschickt werden, also nur dann, wenn in dieser Zeit alle anderen Einheiten des Systems durch undurchdringliche Barrieren abgeriegelt und gesichert sind. Dadurch wird ein Zugriff von außen auf das System der Zentrale verhindert. Nur Dal-Re selbst kennt den Code, um diese automatischen Sperren zwischen innen und außen während eines Außenkontaktes aufzuheben. Normalerweise können erst, nachdem alle von außen empfangenen Daten Bit für Bit aus der Empfangseinheit vollkommen gelöscht und alle Speicher komplett wieder formatiert und leer sind, die benutzte Einheit erneut in das Gesamtsystem eingebunden und die Sperren automatisch aufgehoben werden.

Rhesa kann die von außen abgerufenen Daten vor dem Löschen nicht speichern, das wäre zu gefährlich, sondern nur ausdrucken. Er bedruckt große Stapel von Papier, um sie umgehend zu bearbeiten, oft bis spät in die Nacht. Da Papier heilig ist und nur würdig die Buchstaben des neuen und des alten Korans zu tragen, muss noch im Zentrum alles Papier wieder vernichtet werden. Das zwingt Rhesa sich alle Fakten und Zusammenhänge einzuprägen. Die Benutzung anderer Speichermedien für von außen empfangene Daten ist nicht erlaubt, denn damit wäre eine Gefährdung des Datensystems durch eingeschleuste Virenprogramme zumindest denkbar.

So verbringt Rhesa viele Monate mit fleißigen Studien, ja er erweitert sein Wissensgebiet noch durch Anreicherungen aus der Pflanzenkunde. Nach und nach genügt ihm aber die Theorie nicht mehr, und es entsteht der Wunsch seine Studien unmittelbar in der Natur fortzuführen. Aufenthalte außerhalb des Paradieses sind erlaubt, wenn auch nicht üblich, und so beginnt Rhesa zu reisen, Ausflüge, die ihn über den gesamten Erdball führen. Rhesa ist ausgebildeter Pilot und kleine Flugzeuge stehen stets zur Verfügung.

Jenseits des Tales hat jeder Gotteskrieger das Vorrecht alle Institutionen der Menschheit in Anspruch zu nehmen. Alle Verkehrsmittel, Hotels und Dienstleistungen sind frei für ihn verfügbar. Nach Belieben kann er Leute als Kundschafter und Reiseführer verpflichten.

Nachdem ihn anfänglich kundige Führer bei Reisen durch Asien, Afrika, Südamerika und Australien begleiteten, verzichtet Rhesa auf weitere Gesellschaft und genießt allein die Einsamkeit und Ungestörtheit in der Natur. Zu diesem Zwecke hat sich Rhesa ein einsitziges, senkrecht starten- und landendes Flugzeug aushändigen lassen und kann nun damit ganz nach eigenen Wünschen Expeditionen ausführen. Je mehr er heimisch wird in der ungestörten Natur, desto stärker entfremdet er sich dem Wohlleben in den Palästen. Allmählich verändert sich sein ganzer Charakter, er wird selbstständig und gewinnt eine vorher nie gekannte Eigenständigkeit. Das geht so weit, dass er die festgelegten täglichen Gebete oft vernachlässigt.

Er beobachtet das Leben mit Kampf und sozialem Zusammenhalt, mit Zuneigung und Paarung und mit den natürlichen Unterschieden, aber auch mit den Gemeinsamkeiten von männlichen und weiblichen Lebewesen. Seine Erfahrungen mit den natürlichen Bedingungen stürzen ihn in tiefe Verwirrung. Alles, was er in seiner Jugend über das menschliche Leben gelernt hat, wird dadurch in Frage gestellt. Er bedauert es, kein Bestandteil dieser belebten Tierwelt zu sein. Er gehört aber auch nicht zu den geknechteten Menschen in den Siedlungen und Städten, wo er zur Rast Station macht und wo er sich alles Notwendige besorgen kann, doch fühlt er gleichzeitig, dass er immer mehr seine Bindung zu den Auserwählten im Paradiese verliert. Der Preis, den er zu zahlen hat, ist Einsamkeit. Die Schönheit der Natur nimmt ihm oft fast den Atem. Weder Unwetter, Strapazen im unwegsamen Gelände noch unbekannte Gefahren können ihn dazu bewegen sich die Rückkehr ins Paradies zu wünschen. Es ist wie eine Sucht, die ihn ganz gefangen nimmt.

Und damit sind wir mitten in der Geschichte eines ruhelosen Heimatlosen, eines völlig isolierten Wanderers in dieser Welt voller Gewalt und Unterdrückung. Diese Geschichte schildert einen Privilegierten, Unantastbaren, der sich den Erfahrungen vom dumpfen Hass der unterdrückten Menschen nicht entziehen kann, dem vorauseilenden Gehorsam, der den geknechteten Menschen das Selbstwertgefühl zerstört, hoffnungslos, ohne einen Ausweg. Es sind die Gefangenen eines grausamen, mitleidslosen Regimes, denen Rhesa selbst in der Einsamkeit nicht entkommt, muss er doch immer wieder dorthin zurück, wo die Menschen wohnen, um sich Nahrung und Ausrüstung zu besorgen. Seine Stimmung schwankt zwischen Entzückung über die Herrlichkeit der Natur und den tiefen Beklemmungen, die ihm der Kontakt mit Menschen übermittelt. Noch ist Rhesa weit davon entfernt das alles bewusst zur Kenntnis zu nehmen. Er fühlt sich nur unwohl, wenn er genötigt ist menschliche Hilfe in Anspruch zu nehmen. Man kommt seinen Befehlen stets unterwürfig nach, und doch ist der unbändige Hass deutlich zu spüren, der in allen

Menschen vorhanden ist. Zu Beginn seiner Reisen bemerkt er es kaum, zu selbstverständlich sind ihm diese Ordnung und seine Sonderrolle. Alle Personen, denen er begegnete, waren bisher nichts anderes als seine Diener so wie die Dienerschar daheim im Paradies, und an den unverhüllten Frauen, die er in den Straßen der Städte antrifft, schaut er einfach vorbei.

In Afrika sind die Leute gleichmütiger und freundlicher, doch in Europa und Amerika sieht er keine freundliche Miene. Alle Gesichter versteinern sofort, wenn der Gotteskrieger erscheint. Bei seinen Reisen in Nordafrika - dort ist nach den Massakern und Kämpfen in diesem Gebiet zunächst Ruhe eingekehrt - fühlt sich Rhesa wie in einer verkehrten Welt. Die Ausbeute an Naturbeobachtungen ist spärlich, der Aufenthalt oft sehr beschwerlich, die Hitze über tags ist oft kaum zu ertragen, und in der Nacht dringt Kälte in die Kabine seines Flugzeugs. Die große Wüste deprimiert ihn, schon allein die Vorstellung, dass Menschen dort leben müssen, erzeugt Abwehrgefühle und ist nicht geeignet sich diese Gegend vertrauter zu machen. Sicher gibt es auch Schönheiten wie zum Beispiel einen Sonnenaufgang in der Sahara, wenn sich der Himmel mit einer Farbigkeit überzieht, die einzigartig ist, und sogar der Sand anfängt dieses Glühen wiederzugeben. Auch die bekannten Luftspiegelungen sind eindrucksvoll märchenhaft, wie Anblicke einer anderen, einer mystischen Welt.

Allein die wenigen Menschen, die Rhesa dort antrifft, meist in den armseligen Oasen, reagieren ganz anders als der Rest der Welt. Diese Menschen sind unterwürfig freundlich, sie begegnen ihm mit Verehrung, Rhesa wird als Prophet aufgenommen und behandelt wie ein höchster Würdenträger. Er wird eingeladen und über die Möglichkeiten dieser doch recht armen Leute hinaus bestens bewirtet. Doch gerade das ist Rhesa noch peinlicher als die Ablehnung und der Hass, die er sonst zu spüren bekommt.

Nur wenige Tage reichen aus, um es als Befreiung zu empfinden, als sein Flugzeug die nördlichen Gebiete Afrikas verlässt und die Landschaft unter ihm allmählich grüner zu werden beginnt.

Die folgende Zeit im Inneren Afrikas und an den Küsten dieses Kontinents genießt Rhesa so sehr, dass es ihm schwerfällt sich von diesem Erdteil zu lösen und zu anderen Gebieten aufzubrechen. In Afrika gibt es zwar große Gebiete mit unvorstellbarer Armut, in denen die Natur schon fast besiegt scheint, doch finden sich immer wieder Gegenden, die noch nicht der Zerstörung durch Menschen anheimgefallen sind mit atemberaubenden Naturschönheiten. Einige der kleineren Naturschutzgebiete sind leider von Touristen belagert. So kann sich Rhesa nicht entschließen Orte wie den Ngorongoro- Krater zu besuchen. Doch es gibt auch reichlich Reservate mit genügend Platz, um den Touristen aus dem Wege zu gehen. Am Kap der Guten Hoffnung, dem Südzipfel des Erdteils, verabschiedet sich Rhesa vom afrikanischen Kontinent und überquert den Atlantik.

Rhesa kann sich unbesorgt um die eigene Sicherheit in allen Ländern frei bewegen. Zwar umgibt ihn in fast allen Staaten ein Meer voller Hass, doch jeder weiß, dass schon ein leichter Widerstand grausam mit der Vernichtung seiner ganzen Sippe und vieler anderer Unschuldiger bestraft werden kann. Je länger Rhesa von der Gottesstadt fern bleibt, desto mehr spürt er diese Mauern, die ihn von der Gesellschaft trennen. Sichtbares Zeichen seiner hohen Position sind Uniform, Turban und Laserpistole, aber auch schon sein Bart ist Ausweis genug und alle Merkmale zusammen genügen, um ihm jeden Wunsch zu erfüllen. Natürlich hat er auch eine Identifikationskarte, aber niemand wagt ihn danach zu fragen.

Bezahlen kann Rhesa die ihm erbrachten Leistungen nicht, seine Religion verbietet es ihm, Geld anzufassen. Mit der Zeit bemerkt er es schmerzlich, Leistungen und Güter oft armer Leute umsonst in Anspruch zu nehmen. Er meidet kleine Geschäfte und Motels und geht lieber lange Wege von dem Landeplatz seines Flugzeugs bis zu einem Warenhaus oder einer

Unterkunft, als ein Taxi zu nehmen oder einen Bus zu besteigen.

Wohl fühlt er sich nur in einsamer Natur, fern von den Menschen. Meist schläft er in seinem Flugzeug, halb liegend auf dem Sitz, oder unter dem Flieger zugedeckt mit einer Plane. Wenn er dann hinaufschaut zu den funkelnden Sternen und den Stimmen der Nacht lauscht, empfindet er ein tiefes Glück und eine bisher nie gekannte Andacht, viel stärker als bei den Gebeten und den religiösen Übungen.

Rhesa hat schon fast die ganze Welt bereist, alle fünf Erdteile und auch die vielfältige Inselwelt, die sich zwischen Asien und dem amerikanischen Kontinent ausbreitet. Nordamerika hat er bisher gemieden, zu stark sind seine anerzogenen Vorbehalte, und außerdem sind dort eine große Bevölkerungsdichte und riesige Städte. Das gilt aber nicht für die nördlichen Teile. Kanada und Alaska haben immer noch ursprüngliche Landschaften mit reichlichem Tierleben. Rhesa bereist die nördlichen Gefilde des nordamerikanischen Kontinents von den großen Wäldern bis in die Gebirge. Es gibt Gemeinsamkeiten, aber auch Unterschiede zu seinen bisher gemachten Naturstudien, Amerika hat einen eigenen Charakter. Das weckt seine Neugier auf die Naturschutzgebiete der USA.

Von Kanada aus bricht er auf und besucht zögerlich zwar, denn er fürchtet nach wie vor die vielen Touristen, die

Tierreservate in Nordamerika. Seine Erwartungen werden insofern enttäuscht, da das Land seiner zuvor gefassten Meinung nicht entspricht. Neben den großen Städten und dem Gewirr von Fernstraßen gibt es fast menschenleere Landstriche, Wüstenteile, riesige Wälder, große Seen und bizarre Felsformationen. In den geschützten Gebieten leben mannigfaltige Tierpopulationen. Sogar in dem berühmten und viel besuchten Yellowstone Park findet er ein fast ursprüngliches, wildes und sehr interessantes Stück dieser schönen Erde und Gebiete, in denen sich kaum Touristen aufhalten.

Kapitel 3   Yellowstone

Nach gründlichen Erkundungen aus der Luft ist Rhesa abseits der Touristenattraktionen mit Geysiren und warmen Quellen auf einer kleinen Wiese mitten in einem ausgedehnten Waldgebiet auf einem Hochplateau gelandet. Noch ist das Wetter trübe, ein leichter Nieselregen und kalter Wind, doch die Vorhersagen vom Flugwetterdienst sind gut gewesen und Rhesa hofft auf Wetterbesserung. Nässe und Kälte schrecken ihn wenig, aber im Sonnenlicht sieht jede Landschaft freundlicher aus, das ist eine Erfahrung, die er schon häufig machen konnte. Dennoch kostet es ihn eine kleine

Überwindung die Haube zu öffnen und die warme Kabine zu verlassen. Kalte Feuchtigkeit weht durch den Öffnungsspalt, das Innere der nach oben geklappten Abdeckung ist im Nu von Tropfen überzogen. Doch Rhesa öffnet den Ausstieg, zieht eine Regenplane über und begibt sich in dieser Vermummung, nachdem er die Kabine wieder verschlossen hat, auf seinen ersten Erkundungsgang.

Der Wald ist jung, die Bäume erst wenige Jahre alt, kaum größer als Rhesa und durchsetzt mit verkohlten hoch aufragenden Stangen, Zeugen eines Brandes, der den alten Bestand vernichtet hat. Drei oder vier Jahre, schätzt Rhesa, mag dieser Brand zurückliegen. Ganz vereinzelt ragen noch Baumriesen an geschützten Stellen aus dem frischen Grün. Diese gigantischen Bäume haben dem Brand getrotzt, zwar mit teilweise verkohlter Rinde, doch unbezwungen und anscheinend bereit, für weitere Jahrhunderte Besuchern mit ihrer Größe zu imponieren.

Die vielen Reste verbrannter Bäume, die schon umgestürzt sind und den Boden bedecken, erschweren das Vorwärtskommen. Rhesa stapft mühsam durch das Dickicht. Unter den jungen Bäumen haben viele Pflanzen Fuß fassen können, die alten gestürzten Bäume sind oft nicht zu erkennen und bilden Stolperfallen. Noch sind keine Tiere zu sehen, von einigen Hörnchen abgesehen, die sich durch die kalte Nässe und den vermummten Eindringling in ihrem munteren Spiel kaum stören lassen. Da entdeckt Rhesa hinter einem Busch auf einem kahlen Felsen das Gerippe eines größeren Tieres. Bei näherer Betrachtung findet er, schon teilweise von Pflanzen bedeckt, den unteren Teil eines Beins mit Huf und Resten des Fells, einen skelettierten Kopf und die Wirbelsäule mit Resten von Rippen. Der Größe nach war das wahrscheinlich eine Hirschkuh, die dort von Räubern gerissen wurde.

Rhesa denkt flüchtig: „Was für eine makabre Begrüßung, wenn der Tod dir als Erster entgegentritt." Dann lächelt er aber über diesen Gedanken und geht weiter. Größere Raubtiere sind jedenfalls anwesend. Die Regenplane ist zwischen den eng stehenden Büschen und jungen Bäumen hinderlich, sie nimmt außerdem die auch ohne sie schlechte Sicht. Rhesa faltet die Plane zusammen und zurrt sie an seinem Gürtel fest. Lieber etwas nass werden, so kommt man besser durch das Unterholz. Kaum hat er die Regenplane abgelegt, da lässt der Regen auch schon nach, die Sicht wird besser, nur vom Boden steigt ein schwacher Dunst empor. Jetzt tropft es nur noch von den Blättern, die durch den Wind bewegt werden.

Plötzlich sieht er schemenhaft antilopenähnliche Tiere zwischen den Zweigen, leider noch zu weit entfernt, um sicher auszumachen zu können, was für Tiere es sind, die dort entlang ziehen. Es dauert nur einen Moment, dann sind sie wieder hinter Büschen und Bäumen verschwunden.

Nach einem Marsch von zirka zwei Stunden kommt er an einen schroffen Einschnitt, der die Hochebene teilt, und schaut in ein tiefes Tal mit einem Flusslauf, der von hier oben fast wie ein Bach wirkt. Rhesa schätzt den Höhenunterschied von der Abbruchkante bis hin zu dem Wasserlauf auf dem Grund des Tales auf einige hundert Meter. Hinten sieht er in dem Tal weidende Büffel, aus dieser Entfernung sehen sie wie Spielzeug aus. Rhesa vermisst seinen Feldstecher, den er nicht mitgenommen hat. Von hier aus hat er einen schönen weiten Ausblick bis hin zu einem Wasserfall oder einer Stromschnelle, was aus dieser Distanz von hier in der luftigen Höhe ebenfalls nicht auszumachen ist.

Rhesa geht bis nahe an die Kante, um zu prüfen, ob ein Abstieg möglich ist, doch muss er diesen Gedanken gleich aufgeben, denn fast senkrecht fallen die Felsen ab, und ohne Hilfsmittel scheint es ihm zu gefährlich, jedenfalls an dieser Stelle, ins Tal abzusteigen. „Mit einem Seil sollte das keine Schwierigkeit sein", denkt er und beschließt, beim nächsten Erkundungsgang Feldstecher und Kletterseil nicht zu vergessen. Auf der gegenüberliegenden Seite kann man die verschieden gefärbten Schichtungen des Gesteins gut verfolgen. Auch Auswaschungen von Wassern aus längst vergangenen Zeiten sind klar zu erkennen. Noch ist es Zeit den ersten Ausflug fortzusetzen. Nahe der Abbruchkante, dem Lauf des Tales folgend, untersucht er Pflanzen und findet viele kleine Tiere, Käfer und Insekten, die auf den ersten Blick nicht auffallen, so gut sind sie an ihre Umgebung angepasst. Rhesas Kenntnisse der Natur sind inzwischen derart angewachsen, dass er sich mit jedem ausgewiesenen Naturkundler messen könnte, wahrscheinlich könnte niemand mit der Bandbreite seiner Kenntnisse mithalten.

Bei Ausblicken über die Kante hinweg erspäht er im Tal noch andere Großtiere, die sich gemächlich bewegen und sich wohl unbeobachtet fühlen, sogar einen Bären sieht er am Rand der Felsen dort unten, der sich mit etwas zu beschäftigen scheint, was von hier oben nicht zu erkennen ist. Direkt an der Felskante ist der Boden rutschig. Rhesa gibt acht und prüft vorsichtig den Halt seiner Füße, sich zu weit vorzubeugen scheint gefährlich. Er verzichtet lieber auf einen direkten Blick hinunter in die Tiefe. Nach vorn und zurück wird der Blick zur Talsohle nur ab und zu durch einige Biegungen und vorspringende Felsen behindert, meist ist der ganze Flusslauf sichtbar.

Nach einigen Stunden oben auf der Abbruchkante beschließt Rhesa zurück zum Landeplatz zu gehen und versucht in einem weiten Bogen seinen Landeplatz wieder zu erreichen.

Doch sein Orientierungssinn trügt, Rhesa findet nicht zu der kleinen Wiese zurück, auf der er gelandet ist. Die Ablenkung durch seine Beobachtungen, die seinen Weg immer wieder unterbrachen, scheinen sein Richtungsgefühl etwas durcheinander gebracht zu haben. Sein Ehrgeiz lässt ihn versuchen den Weg dennoch ohne Hilfsmittel zu finden, er versucht durch Richtungsänderungen bekannte Strukturen in der Landschaft zu entdecken, doch nach vergeblicher Suche betätigt er schließlich das mitgeführte Ortungsgerät und entdeckt das Flugzeug ganz in der Nähe, kaum hundert Meter von seinem jetzigen Standpunkt entfernt.

Nun merkt er, wie lange er nichts mehr getrunken und gegessen hat, ganz plötzlich überfällt ihn ein mächtiges Hungergefühl. Beim Flugzeug nimmt er sich nicht die Zeit Speisen zu erwärmen, öffnet eine Konserve und löffelt sie aus. Dazu gibt es pures Wasser.

Rhesa entrollt den Gebetsteppich, er hatte schon mehrere Gebete, zu denen sein Kommunikator aufgerufen hat, versäumt und holt es jetzt mit leichten Schuldgefühlen nach. Nach längerem Gebet besteigt er wieder das Flugzeug, senkt die Rückenlehne seines Pilotensitzes so weit wie möglich nach hinten, schließt die Kabine und versucht zu schlafen. Schwache Geräusche des Waldes dringen zu ihm herein. Über ihm hat der Wind wohl einige Wolken vertrieben und stellenweise kann er Sterne funkeln sehen, denn mittlerweile hat die Nacht das kleine Flugzeug eingehüllt.

Als er am Morgen erwacht, lockt heller Sonnenschein zu einem schnellen Aufbruch. Sorgfältig packt Rhesa Geräte und Marschverpflegung zusammen, schultert den Rucksack und bricht auf. Der Stimmungsumschwung ist eindrucksvoll. Frei kann der Blick umherschweifen. Helle Lichtstrahlen durchbrechen das Dunkel des Waldes, selbst die verkohlten Reste der verbrannten Bäume wirken nicht mehr so bedrohlich. Nun hört man auch die Stimmen des Waldes. Die meisten Vogelstimmen kann Rhesa zuordnen, doch dazwischen sind auch Töne, die ihn aufmerken lassen, ferne Töne, kaum abzugrenzen von dem Chor der Vögel, es ist wie leises Bellen, auch ein dumpfes Gebrüll dringt an sein Ohr. Rhesa folgt der eigenen Spur und geht in dieselbe Richtung wie am Vortage. Heute gelangt er viel schneller zum Rand des Tales. Unterwegs hält er nur einmal inne, um das Spiel der von ihm schon oft beobachteten munteren Streifenhörnchen zu belauschen. Die Hörnchen sind ohne Scheu und nehmen ihn wie am Vortag kaum zur Kenntnis. Oben auf der Felskante sucht er sich eine ebene Fläche, groß genug, um das Stativ seines starken Fernglases aufzustellen.

Der rötliche Felsen ist von Rissen durchzogen, in die sich Gräser und Kräuter eingekrallt haben, sogar kleine Bäume versuchen sich in diesem kargen Boden einen Platz zu erobern. In kleinen Mulden hat sich Wasser angesammelt.

Unten im Tal lagert noch Nebel, und Rhesa richtet das Glas erst einmal auf die gegenüberliegende Felswand. Reste des Regens vom vergangenen Tage laufen aus kleinen Sammelbecken in kleinen Bächen die Felsen hinab. Erst sind es Vögel, die Rhesa heranzoomen kann, dann hat er gleich zu Anfang das Glück, einige der scheuen und noch recht seltenen Wölfe ins Sichtfeld zu bekommen. Er weiß, dass die Ranger viele Jahre versucht haben, die Wölfe wieder anzusiedeln, doch wurden diese Tiere immer wieder von Farmern aus den angrenzenden Gebieten heimlich abgeschossen. Nun nimmt die Population der Wölfe stetig zu, und als sichtbaren Beweis kann Rhesa sie als die ersten größeren Raubtiere im Park beobachten. Die Wölfe scheinen etwas zu belauern. Gegenüber auf der Böschungskante sind fünf Tiere auszumachen, die sich angespannt und aufmerksam nahe der Abbruchkante entlangschieben und sich förmlich an den Felsen schmiegen. Ihre Aufmerksamkeit scheint auf ein Ziel gerichtet, das sich hinter der Böschungskante außerhalb von Rhesas Sichtfeld befindet.

Plötzlich springen die Wölfe ohne Vorsicht auf und verlassen die offene Böschung. Nach kurzer Zeit erscheint ein Geländewagen der Parkwächter. Sein Auftauchen reißt Rhesa aus seiner Naturversunkenheit und ärgerlich dreht er sein Glas in eine andere Richtung, den Fluss entlang hin zu den Stromschnellen. Ein Blick hinüber zeigt ihm mit bloßem Auge, dass der Wagen mit den Parkwächtern schon wieder weitergefahren ist. Langsam lichtet sich der Nebel unter ihm. Dort wo sich die Nebelschwaden schon aufgelöst haben, kann er nun schon ein größeres Rudel Hirsche ausmachen, das zum Wasser drängt, um zu trinken. Durch das Glas sind die Unruhe und Anspannung auszumachen, die unten in der Herde herrschen, während sich einige Tiere ungeschützt am Wasser aufhalten. Nur jeweils ein kleiner Teil der Tiere nimmt Wasser auf, andere sichern zu beiden Seiten, ein anderer Teil der Tiere trabt unruhig nahe der Felswand umher. In der Nähe bellt ein Kojote, weiter entfernt antwortet ein anderer. Die Herde am Fluss zieht sich zurück. Weiter entfernt werden Rücken und Köpfe weidender Büffel sichtbar. Sie stehen leider in einer Senke mit Gebüsch, nahe den Stromschnellen. Doch Rhesas Geduld wird belohnt. Als sie weiterziehen, sind einige der Kolosse in voller Schönheit durch das Fernglas zu erkennen.

Nach einiger Zeit packt Rhesa das Glas mitsamt dem Stativ wieder ein und macht sich auf seinen Weg den Kamm entlang in Richtung Stromschnellen. Beim Näherkommen sieht er, dass sich dort ein sehr schöner Wasserfall zwischen Felstürmen wohl an die zwanzig bis dreißig Meter hinunterstürzt. Das Rauschen des stürzenden Wassers übertönt die Stimmen des Waldes. So kommt es, dass Rhesa fast mit einem Dachs zusammengestoßen wäre. Beide zucken vor Schreck zurück, als sie plötzlich so dicht voreinander stehen. Der Dachs macht fast einen Salto rückwärts, überkugelt sich und verschwindet im Gebüsch.

Rhesa klettert nun auf den Felsen, der sich über dem Wasserfall erhebt, und genießt das Schauspiel unter sich. In dem Pool, der durch fallendes Wasser in vielen Jahren ausgewaschen wurde, glaubt Rhesa einen Fischotter zu erkennen, doch dann überziehen wieder Reflexe das flüchtige Bild und auch das schnell ausgepackte Fernglas kann diesen kurzen Eindruck nicht bestätigen.

Er richtet nun sein Glas hinauf zu kreisenden Adlern, die im weiten Blau ihre Kreise drehen. Es gestaltet sich schwierig diese Weißkopfadler im Sichtbezirk des Glases festzuhalten, und ohne Stativ verschwinden sie immer wieder aus dem Bild. Die Sonne steht schon hoch oben, und die Adler kommen ihrem Licht zu nahe und er muss das Glas abwenden.

Der Platz hier oben ist ideal für ein Picknick, also lässt sich Rhesa auf dem Felsen nieder und isst die mitgenommenen gefüllten Kekse. Von gegenüber hört er schon wieder Motorenlärm. Da ist abermals dieser Geländewagen. Ärgerlich richtet Rhesa sein Glas auf das Fahrzeug und sieht einen Insassen hinter dem Steuer, ohne Zweifel eine junge

Frau, wie an ihrem nicht verhüllten kastanienbraunem Haar leicht zu erkennen ist. Sein erster Impuls ist, das Fernglas wieder wegzulegen, doch dann bleibt sein Blick an dem ausdrucksstarken hübschen Gesicht der jungen Frau haften. Nach kurzem Halt, die junge Frau hat mit einem Fernglas den Fluss entlang geschaut, fährt das Fahrzeug weiter. Ihren Beobachter konnte die Frau nicht gesehen haben, denn sie richtete ihr Glas nicht auf das gegenüberliegende Ufer, doch Rhesa ärgert sich über sein Verhalten, es wäre besser gewesen in Deckung zu gehen. Es ist nicht nötig, dass Menschen seine Anwesenheit bemerken und anfangen sich über die Anwesenheit eines Gotteskriegers Gedanken zu machen.

Als wieder Ruhe eingekehrt ist, sucht und findet er eine Möglichkeit sein Seil zu befestigen, um über die Felsen hinabzuklettern, den Wasserfall von unten zu betrachten und um festzustellen, ob Otter in dem kleinen See vor den hinabstürzenden Wassern vorhanden sind. Es ist ein lauschiges Plätzchen dort unten zwischen den Felsen, nur mit Ottern hat er Pech, sei es, er hat sich vorhin geirrt, sei es, die scheuen Tiere haben ihn bemerkt und halten sich verborgen. Am anderen Ufer erkennt Rhesa einen gesicherten Aufstieg mit eingehauenen Stufen und stellenweise angebrachtem Geländer. Also hat der Fremdenverkehr hier schon Einzug gehalten und in der

Hauptreisezeit ist es dann wohl vorbei mit der Ruhe und friedlicher Stimmung.

Nach einer Pause folgt Rhesa dem Flusslauf. Ab und zu kann er Fische beobachten, eine Bisamratte huscht schnell ins Wasser, doch dann steht er vor einem Hindernis. Im Flusstal vor ihm lagert eine Herde Bisons, eine große Herde, wohl dieselben Tiere, welche er schon von oben flüchtig gesehen hat. Rhesa nimmt sein Gepäck ab und stellt das Stativ seines Fernglases auf. Nun kann er diese Riesen von ganz nah betrachten, ohne sie zu stören. Wieder ist leises Motorbrummen zu hören. Dieses Mal handelt Rhesa schnell, er nimmt das Stativ und verbirgt sich in einer überhängenden Buschgruppe am Steilufer. Vorsichtig lugt er nach oben und richtig, für einen Moment ist dort oben ein Kotflügel des Geländewagens zu sehen, der Farbe nach zu urteilen derselbe wie vorhin. „Es könnte auch sein, dass alle Dienstwagen die gleiche Farbe haben", geht es ihm durch den Kopf und es wundert ihn, dass ihm dieser Gedanke nicht gefällt. Der Wagen entfernt sich, und Rhesa beobachtet noch einige Zeit die Bisons. Da die Tiere keine Anstalten machen den Platz zu räumen, beschließt Rhesa die Herde zu umgehen. An dem Steilufer mit den hoch aufragenden Felsen ist das keine leichte Übung, häufige kleine Umwege, Kletterpartien, anstrengende Aufstiege und rutschige Abstiege nehmen viel Zeit in Anspruch. Nachen er die Herde

mit großer Vorsicht umgangen hat, merkt er, dass sein Umgehungsversuch zu lange gedauert hat und dass es Zeit wird das Lager aufzusuchen. Im Dunklen könnte dieses schwierige Gelände wohl unkalkulierbare Gefahren bergen. Es hilft nichts, Rhesa muss den Felsen hinaufklettern, doch diesmal ohne die Hilfe des Seiles. Oben angekommen schmerzt ihm sein gut trainierter Körper. Rhesa vermeidet heute den Weg gefühlsmäßig zu finden, sondern betätigt gleich das Ortungssystem, das griffbereit in seiner Hosentasche steckt. Nun merkt er verwirrt, dass er den ganzen Tag ohne seinen Kommunikator gewandert ist, gegen die strengen Vorschriften. Er hat ihn im Flugzeug abgelegt, um ihn dann im Gepäck zu verstauen, damit durch die Aufrufe zum Gebet nicht ungewollt Tiere aufgescheucht werden. Dann hat er vergessen ihn einzupacken, und so hat er alle Gebetsaufrufe verpasst und ist seiner religiösen Pflicht nicht nachgekommen. Soll nun das überfällige Gebet noch warten, bis er das Flugzeug erreicht hat. Allah wird ihm schon diese Nachlässigkeit verzeihen.
Rhesa prüft Richtung und Entfernung und geht los, den Landeplatz findet er auf direktem Wege und nach dem Gebet und einer Mahlzeit sitzt er noch ein wenig im Cockpit.
Wie zufällig schaltet er das Funkgerät ein und horcht auf den Sprechverkehr der Ranger. Nun hört er auch die Stimme einer Frau. Sollte es die junge Dame aus dem Jeep sein?

Angestrengt lauscht er. „Ich habe hier eine Elchkuh gefunden, beide Vorderbeine sind zertrümmert, sie muss abgestürzt sein. Ich habe sie sofort erschossen. Mir ist das Tier zu schwer, sagt Jochen, er soll mit der Winde kommen, es ist kein guter Platz, um Aas liegen zu lassen, over, bitte kommen." Dann kommt eine Antwort, schon weniger gut verständlich und anschließend überlagern sich andere Stimmen. Rhesa wundert sich darüber, dass eine Frau ohne Umstände ein Tier erschießen und dabei so ruhig und sachlich bleiben kann. Er dreht das Gerät aus und schläft ein. Morgens erwacht er mit schmerzendem Arm, er hat darauf gelegen. Es kribbelt, als das Blut wieder frei zirkulieren kann. Rhesa massiert den Oberarm, noch ist es nicht richtig hell, dichter Nebel hüllt seine Kanzel ein. Er kämmt sich durch seinen Bart und öffnet die Kanzel, um sich draußen zu waschen. Es ist sehr frisch an diesem frühen Morgen. Mit einem angefeuchteten dicken Lappen reibt er seinen ganzen Körper ab und macht dann schnell einige gymnastische Übungen, um warm zu werden. Rhesa fühlt Lust zu singen, einfach Töne zu erzeugen, doch schon nach den ersten zaghaften Versuchen gibt er auf, er kennt ja keine Lieder. Musik hat er nie richtig angehört, Gebote standen ihm im Wege. Nur wenn er sich draußen bei der Bevölkerung aufhielt, hat er meist von fern Musik vernommen, oder in den Kaufhallen, ja, da war oft Hintergrundmusik, aber kaum Gesang. Rhesa weiß nicht recht, woher die zaghafte Erinnerung an Gesang kommen kann, er sinniert über diese seltsame Lust nach. Musik ist mit angenehmen Gefühlen verbunden, er wundert sich ein wenig darüber und schiebt dann diese Gedanken zur Seite.

Erinnerungen an den gestrigen Tag treten in den Vordergrund, und das Gesicht der jungen Frau taucht vor seinem geistigen Auge auf, nicht Pflanzen und Tiere, ausgerechnet eine Frau, ärgerlich. Rhesa versucht sich schnell mit Frühstück und Vorbereitungen für den anstehenden Ausflug abzulenken.

Heute geht es in die entgegengesetzte Richtung, aber unterwegs irren seine Gedanken noch oft zu dieser Frau, er ist einfach nicht richtig bei der Sache. Auch eine Gruppe von Antilopen kann seine Aufmerksamkeit nur kurz fesseln. Erst als er, gut durch ein dichtes Gebüsch geschützt, eine Bärenfamilie bei einem Tümpel auf einer Lichtung bemerkt, ist er ganz bei der Sache. Mit vorsichtigen Bewegungen montiert er sein Fernglas und beobachtet die Tiere, bis sie im Wald verschwinden. Kleine Bären sind so niedlich, zum Anfassen, Rhesa verspürt große Lust sie zu streicheln, als sie durch das Glas zum Greifen nahe scheinen. Natürlich weiß er, dass so etwas nicht ratsam ist, besonders wenn die Kleinen unter der Obhut ihrer Mutter stehen, doch dieses starke Gefühl einer unbekannten Zärtlichkeit, es ist einfach da. „Worin liegt die Anziehungskraft auf uns Menschen, die von diesen wilden

Tieren ausgeht, ganz besonders von den tapsigen Tierbabys?", grübelt er.

Zärtlichkeit hat Rhesa in seinem Leben nie erfahren, dergleichen Gefühle sind ihm nicht vertraut. Dennoch sind sie wohl in der menschlichen Erbmasse verankert und können nicht ganz abhanden kommen, selbst wenn sie nicht in der kindlichen Entwicklung eingeübt werden, doch so weit reichen die Gedanken Rhesas nicht, das ist etwas, was sich seinem Bewusstsein entzieht.

Rhesa ruft sich zur Ordnung, schließlich ist er ein Gotteskrieger und dergleichen Anwandlungen sind doch wohl beschämend. Mitten im Walde verrichtet er ein inbrünstiges Gebet. Dann marschiert er weiter und zwar in einem Tempo, das eher eine sportliche Betätigung, eine Forderung an die Leistungsfähigkeit des Körpers darstellt und kaum Aufmerksamkeit für Pflanzen und Tierreich zulässt.

Nach längerem Marsch, er ist kräftig ins Schwitzen gekommen, steht er plötzlich vor einem gewaltigen Areal von Kalkablagerungen, terrassenförmige hoch aufragende weiße Berge mit rieselnden Wassern und Becken, die kaskadenförmig das heruntersickernde Wasser auffangen. Ein mächtiges natürliches Bauwerk, das dort heiße Quellen in Jahrtausenden geformt und aufgetürmt haben. An manchen Stellen haben Algen und Bakterien den weißen Felsen mit bunten Farben bedeckt. Dieses Naturwunder hätte Rhesa bestimmt zum längeren Aufenthalt eingeladen, wären da nicht so viele Besucher gewesen, die auf eingezäunten Wegen in Scharen die Sinterterrassen besteigen. So betrachtet er diese Naturschönheit nur aus sicherer Entfernung durch sein Glas und zieht sich danach wieder in den Wald zurück.

Im Bogen, die Straße meidend, geht er zurück zum Fluss. Hier nahe dem Naturdenkmal findet er wieder einen befestigten Weg mit eiserner Treppe, die hinunter in die Schlucht führt. „Vorsicht, starker Fremdenverkehr", denkt er bei sich und beeilt sich oben auf dem Kamm in weniger frequentiertes Gebiet zu kommen. Bald umfängt ihn wieder die ungestörte Natur, und er hat die Illusion sich völlig ungestört darin ergehen zu können. Rhesa hat es nun nicht mehr eilig, er genießt die Stille und hält fleißig Ausschau. Als er oben auf dem Kamm der Schlucht zurückläuft, wird er dann auch reich belohnt durch so manchen Fund, der ihn innehalten lässt und seine Aufmerksamkeit fesselt.

Der Nachmittag vergeht wie im Fluge. Die Sonne steht schon tief über den Bäumen, da sieht er in einer Flussbiegung tief unter sich auf den Felsen eine Bärenmutter mit zwei Jungbären. Schnell ist das Stativ aufgestellt, der Platz zum Beobachten ist geradezu ideal. Die kleinen Bären erproben miteinander ihre Kräfte, und die Mutter gibt Obacht, denn der Platz dort unten ist nur schmal, und dann fallen die Felsen wieder steil ab bis zum Fluss. Rhesas Aufmerksamkeit wird von einer leichten Bewegung am Hang abgelenkt. Er richtet sein Glas dorthin und sieht jene junge Frau, die sehr nah über den Bären am Hang Deckung gefunden hat und ebenfalls durch ein Fernglas die spielenden Tiere beobachtet. Rhesas Herz pocht, ein starker Reiz geht von diesem weiblichen Wesen aus, entgegen seinem Willen kann er sich nicht von dem Anblick der Frau lösen. Die junge Wildhüterin hat einen schlechten Standplatz, sie steht schon ein Stück den Steilhang hinunter auf einer schmalen Kante, wo sich Gebüsch in den Felsen geklammert hat, doch scheint sie keine Schwierigkeiten zu haben damit zurechtzukommen. Die Bären merken nichts von den beiden Beobachtern, sie wähnen sich wohl sicher auf dem kleinen Vorsprung. Die Mutter ist mit der Aufsicht der kleinen Bären beschäftigt und hat die Umgebung nicht so gut im Auge, wie es sonst Bärenart ist.

Plötzlich bebt die Erde, ein unerwarteter Stoß, sicher nur ein leichtes Beben, wie es in dieser Gegend keine Seltenheit ist, doch stark genug, um Unsicherheit und ein leichtes Angstgefühl hervorzurufen. Man kann sich wohl schwerlich von der Furcht befreien, die entsteht, wenn das, was wir stets als fest gefügt hinnehmen, sich zu bewegen beginnt. Sofort ist Rhesa alarmiert, er wirft einen Blick hinunter zu den Bären, auch sie scheinen aufgestört, die Bärenmutter richtet sich auf.

Da hört er einen unterdrückten Schrei. Ein Teil der Böschung, auf der die Frau gestanden hat, ist abgebrochen, und mit der Erde und den Steinen hat auch die junge Parkwächterin den Halt verloren und ist einige Meter abgestürzt. Sie klammert sich nun an einen Baum direkt über der Stelle, auf der sich die Bären aufhalten. Die Bärin wähnt ihre Kinder in Gefahr und macht Anstalten die Frau anzugreifen, um ihre Jungen zu verteidigen. Es sind wohl nur Sekundenbruchteile, Rhesa bleibt keine Zeit für eine überlegte Handlung, im selben Moment hat er schon seinen Laser in der Hand und trifft die Bärenmutter kurz vor dem Erreichen der jungen Frau. Die Bärin bäumt sich auf und stürzt sich überschlagend den Abhang hinunter. Rhesa beeilt sich der Frau zu Hilfe zu kommen und klettert an dem schnell befestigten Seil hinab zu ihr. Als die Wildhüterin ihn erblickt, weiten sich vor Entsetzen ihre Augen. Mit aller Kraft versucht sie sich hinaufzuziehen, um zu entkommen. Als Rhesa ihr Entsetzen bemerkt, wird ihm sofort bewusst, welche vermeintliche Gefahr eine junge Frau in ihm sehen muss. Ist es nicht Brauch der Auserwählten sich Frauen mit Gewalt zu bemächtigen und im Paradies in ihren Palästen einzusperren? Muss nicht eine junge Frau einen Gotteskrieger als eine furchtbare Gefahr empfinden? Er hält inne und redet in englischer Sprache beruhigend auf die Frau ein: „Keine Angst, ich will nur helfen. Ich bin keine Gefahr für dich, vertraue mir, nimm meine Hand, ich helfe dir." Seine Worte haben nur wenig Erfolg, ohne seine Hilfe in Anspruch zu nehmen klettert die Rangerin hastig den Hang hinauf und verschwindet seinen Blicken.

Betrübt zieht Rhesa sich am Seil hinauf zur Abbruchkante, geht zurück zu seinem abgelegten Gepäck, verstaut seinen Laser, das Fernglas und Stativ, um weiterzugehen. Er hätte ihr befehlen können stehen zu bleiben. Sie hätte seinen Befehlen gehorchen müssen, überlegt er. Doch was wäre gewesen, wenn sie in ihrer Panik seinen Befehlen nicht gefolgt wäre, dann wäre er verpflichtet gewesen sie streng zu bestrafen. „Unsinn", sagt er sich, „wer sollte mir hier vorschreiben, wie ich mich verhalten muss, schon mein Eingreifen, um eine Ungläubige zu retten, hätte niemand im Paradies gut geheißen." Nach kurzer Überlegung hält er es doch für richtiger, Zurückhaltung geübt zu haben. Er fühlt nun sogar Mitleid mit ihrem Entsetzen. Rhesa blickt noch einmal nach unten zu dem kleinen Felsvorsprung. Die Bärenkinder dort unten haben sich ängstlich niedergekauert. Rhesa überlegt kurz, er kann den kleinen Bären nicht helfen. Dann kommt ihm der Gedanke, dass die junge Frau die Bärenbabys sicher nicht vergessen wird, und er geht vorsichtig den Weg zurück, den er vor dem Ereignis gekommen ist. Als es ihm weit genug erscheint, legt er das Gepäck nieder und pirscht sich nur mit dem Fernglas in der

Hand wieder etwas näher heran bis hin zu einer Stelle, wo ihm die Biegung der Felsenkante etwas Einblick bietet. Und richtig vermutet, die Rangerin kommt ängstlich umherspähend zurück, klettert an einem mitgebrachten Seil nach unten, nimmt einen der kleinen Bären auf, und so sehr sich dieser auch wehrt, sie klettert mit ihm hinauf. Sicher ist das ein schwieriges Unterfangen mit dem sich wehrenden Bärenkind an einem Seil hängend eine Felswand hochzuklettern. Rhesa ist voller Bewunderung für diesen mutigen Einsatz. Nach einiger Zeit kommt die Frau zurück und holt den zweiten Bären.

Rhesa beeilt sich nun den Standplatz von dem Auto zu finden, doch als er dort anlangt, bemüht sich in Deckung zu halten, fährt der Geländewagen schon fort. Das sich entfernende Geräusch des Motors zeigt ihm, dass sich das Fahrzeug in Richtung der schönen Kreidefelsen entfernt. Rhesa beeilt sich zu seinem Lager zu kommen.

Vom Landeplatz aus nimmt er gleich, obwohl es schon dämmert, einen Erkundungsflug auf und sieht im letzten Licht der Sonne den Wagen in der kleinen Ortschaft bei den Kalkablagerungen vor einem Haus stehen. Es ist ihm klar, dass er auch bemerkt wird, ein kleines Flugzeug ist ja nicht zu übersehen. Doch das ist ihm nun gleichgültig, er will sehen, wo diese Frau lebt und sich aufhält, wenn sie nicht im Walde ist. Er umkreist den Ort und fliegt wieder zu seinem

Landeplatz. Als er landet, ist es bereits dunkel geworden. Im Schein seiner starken Scheinwerfer ist die Landung aber nicht schwierig.

In den folgenden Tagen fliegt er mehrmals kleine Erkundungsflüge und sucht den Wagen, findet ihn in der Ortschaft vor dem Haus oder spürt ihn im Gelände auf. Von nun an beobachten sich beide gegenseitig, Rhesa von Unruhe getrieben und die junge Frau nicht ohne Beklemmungen und Ängste. Mit der Zeit kommt sie zu der Überzeugung, dass ihr keine Gefahr droht, schließlich kann dieser Gotteskrieger einfach landen und sie zwingen mit ihm zu kommen, keiner könnte ihn hindern, doch er beobachtet sie nur und letztlich hat er ihr sogar das Leben gerettet. Allmählich wird sie neugierig, sucht sogar seine Nähe und bemüht sich seinen Landeplatz zu finden, der nicht allzu weit entfernt liegen kann. Sie durchforscht ihr Gedächtnis, um sich den jungen Mann vorzustellen, denn jung ist er sicher gewesen, wie schnell hatte sich die schlanke drahtige Gestalt am Seil herabgeschwungen, doch sie kann sich nur an die schwarzen Augen und den langen schwarzen Bart erinnern, ihre Angst hatte alles überlagert.

Kapitel 4   Tina

Tinas Eltern waren Lehrer, beide unterrichteten an derselben Schule, ihr Vater lehrte Geschichte und Sport, ihre Mutter hatte die Fächer Physik und Chemie. Nach einigen beruflich bedingten Ortswechseln zogen sie von der Ostküste weiter westlich an den Rand der Rocky Mountains. Dort, in Colorado Springs, kam Tina zur Welt.

Das war zu der Zeit, als erste Anzeichen für eine sich verdüsternde Zukunft die Menschen beunruhigten. Die brutalen Anschläge auf die Bürotürme in New York und das Pentagon in Washington zeigten, wie verwundbar moderne Gesellschaften waren. Die Jahre der schweren Auseinandersetzungen mit den Extremisten begannen. Ein Gottesstaat, der sich im Irak gebildet und schon ein Drittel des irakischen Territoriums erobert hatte, wurde mit internationaler Hilfe zurückgedrängt und zerstört, Reste des sogenannten „IS" mischten sich in den Bürgerkrieg in Syrien ein und ein Teil der Krieger ging nach Afghanistan.

In vielen Gegenden herrschte Krieg, doch ein anderer Krieg als die Kriege, die bisher auf der Erde Unglück und Not verbreitet hatten. Es war ein feiger und hinterhältiger Krieg, ohne klare Fronten und ohne einen sichtbaren Gegner. Selbstmordanschläge fanden in der gesamten westlichen Welt statt und vernichteten viele unschuldige Menschenleben. Noch waren die USA sich sicher diese Auseinandersetzung gewinnen zu können. Doch die anfänglichen militärischen Erfolge konnten den Gegner nicht besiegen, denn er wirkte im Verborgenen weiter, war versteckt in der ganzen Welt und erhielt weiterhin Zulauf von Unzufriedenen und religiösen Eiferern.

Tina hatte noch einen Bruder, der vier Jahre älter und in Chicago geboren war. Die Oma wohnte auch noch mit in ihrem schönen Hause aus Redwood am Rande von Colorado Springs, dort wo sich die Stadt im nahen Wald zu verlieren scheint. Sie wohnten genau an der Nahtstelle, an der die Berge der Rocky Mountains mit einer weiten Ebene zusammenstoßen. Nach Osten weitet sich das Land, die große Stadt liegt im Nordosten, und im Westen sieht man die Berggipfel. Da Tinas Eltern voll berufstätig waren, wurden die Kinder meist von der Oma betreut, die auch beide Kinder mit dem Auto zum Kindergarten und zur Schule brachte.

Tinas Kindheit und frühe Jugend waren schon von Ängsten geprägt, die von den Erwachsenen sogar auf noch sehr kleine Kinder übertragen wurden. Es herrschte eine Atmosphäre aus Angst vor unbekannten Gefahren, eine tiefe Unsicherheit, die sich allen mitteilte.

Die Attentate und Anschläge im ganzen Land schienen kein Ende zu nehmen. Den fürchterlichen Anschlägen mit bemannten Linienflugzeugen auf das World Trade Center und das Verteidigungsministerium folgten nach einer erzwungenen Ruhepause durch die teilweise Zerschlagung der Terrorgruppe in Afghanistan Angriffe mit biologischen Waffen und Sprengstoffattentate auf Brücken, Verkehrsknotenpunkte und Atomkraftwerke. Als die Sicherheitslage sich mehr und mehr verschlimmerte und entfernte Verwandte aus Israel ihre beiden Kinder zu ihnen schickten, denn in Israel spitzten sich die Umstände noch grausamer zu, gab Tinas Mutter ihre Arbeitsstelle auf, um bei den Kindern zu bleiben und um die gebrechlicher werdende Oma zu entlasten, die mit nunmehr vier Kindern überfordert war.

In den dicht besiedelten Städten der USA tauchten Bakterien auf, Zuchtstämme und später auch genetisch veränderte, die heimtückisch an häufig frequentierten Orten freigesetzt wurden. Nach Milzbrand und Pest brachen Krankheiten aus, die noch gänzlich unbekannt waren und noch keinen eigenen Namen hatten. Die Staaten der Welt schlossen Allianzen, um diese Verbrecher zu vernichten, aber heimlich unterstützten viele von ihnen, sei es aus Angst oder Profitgier, diese selbst ernannten göttlichen Heerscharen. Auf der ganzen Welt gab es Aufstände und Proteste von Kriegsgegnern, die eine Verständigung mit den Islamisten suchten. Der Krieg, den vor allem die Amerikaner mit dem unsichtbaren Gegner führten, zeichnete die schon nicht mehr freie Gesellschaft.

Wie oft in der Geschichte war in der Zeit der größten Herausforderung gerade ein Präsident gefordert, der dieser

Situation nicht gewachsen war. Die ersten militärischen Erfolge konnten das Netz der Terrroristen schwächen, aber nicht zerschlagen. Die Attentate nahmen kein Ende. Die Ungeduld wuchs, die Bevölkerung der USA wollte Sicherheit und nicht mehr dieser unheimlichen Bedrohung ausgesetzt sein. Als es nicht gelang, die Terrororganisation vollständig zu zerschlagen, wandte man sich anderen Problemen der Weltpolitik zu und verschob den Krieg in eine andere sehr sensible Region. Ohne die Bedrohung durch die Mörderbanden der Extremisten beseitigt zu haben, ließ man sich auf ein Kriegsabenteuer ein, um einen Diktator in Nordkorea zu entmachten. Doch man war ebenfalls darauf bedacht durch schnelle kriegerische Erfolge das Selbstgefühl als Großmacht aufzupolieren. Dieser Schritt destabilisierte ein großes Gebiet. Alle islamischen Staaten kündigten ihren Beistand zum Antiterroristenpakt auf, der sowieso nur vordergründig eingehalten wurde. Europa scherte aus dem Pakt aus und blieb neutral. Die gute Absicht die Existenz des Staates Israel zu sichern geriet zum Gegenteil, Israel geriet in die schwierigste Lage seiner Geschichte. Die gesamte Arabische Welt erklärte den USA quasi den Krieg und offene Kriegshandlungen gegen Israel wurden aufgenommen.

Die westlichen Industrienationen kamen in eine schwere wirtschaftliche Krise und konnten für den Kampf gegen den Terrorismus keinen Beitrag mehr leisten, jedenfalls nicht so, wie es notwendig gewesen wäre. In kurzer Zeit wurden die Zellen der Extremisten wieder aufgebaut und gestärkt. Die militärische Organisation dieser Gotteskrieger bekam großen Zulauf von antiamerikanischen Religionsfanatikern und arabischen Nationalisten. Die gesamte südliche Flanke der Industrienationen war in Brand geraten.

Bei großen Demonstrationen in den westlichen Hauptstädten wurde das Ende der Gewalt gefordert. Millionen verunsicherter Menschen gingen auf die Straße, sie wollten Frieden, doch sie erreichten nur die endgültige Lähmung entschlossener Gegenmaßnahmen, die durch das Kriegsabenteuer im arabischen Raum ohnehin schon fast zum Erliegen gekommen waren.

Für die Feinde der Freiheit war das nur ein Zeichen erlahmender Widerstandskraft und Verheißung ihres nahen Sieges. Als rund um den Erdball an strategisch wichtigen Stellen Atombombenexplosionen ausgelöst wurden und über hundert Millionen unschuldiger Menschen töteten, lähmte die Angst den Rest des noch vorhandenen Widerstandswillens.

Die Verwandten im fernen Israel hatten noch mehr zu leiden. Israel leistete als einziger Staat weiterhin heftigsten Widerstand gegen Araber und Terroristen und wurde am härtesten von der hinterhältigen und maßlosen Kriegsführung getroffen. Die Israeli waren aus geschichtlichen Gründen der Hauptfeind in diesem Krisengebiet und der am meisten gehasste Gegner. Keiner der zurückgebliebenen Verwandten überlebte. Das ganze Land wurde zerstört und war teilweise nach den Kriegshandlungen unbewohnbar und nicht mehr gefahrlos zu betreten. Die biologische und chemische Kriegsführung hatte langlebige Hinterlassenschaften in diese Gegend gebracht, und in größeren Gebieten war kein Leben mehr möglich. Die wenigen Überlebenden, Juden und Nichtjuden, wurden in alle Welt zerstreut. Für das jüdische Volk, soweit man in heutiger Zeit noch von Völkern sprechen kann, war das die bitterste Niederlage seiner langen alten Geschichte.

Die Erwartung, dass sich der Nahe Osten nach der Zerschlagung Israels beruhigen konnte, war verfehlt. Alte Rivalitäten zwischen den angrenzenden arabischen Staaten brachen aus, die sich nun ohne den gemeinsamen Feind Israel grausam entluden.

Dal-Re und seine Mannen mischten sich in diese Konflikte nicht ein, beharrten aber auf den Tributzahlungen und schlugen überall dort hart zu, wo ihre Interessen beeinträchtigt wurden. Nach dem Tod so vieler Menschen, die noch nach der Vernichtung Israels in regionalen Kämpfen sterben mussten, beruhigte sich der Nahe Osten. Doch sind die Menschen der ehemals reichen Staaten völlig verarmt.

Nicht verarmt ist die herrschende reiche Oberschicht, die durch Ölquellen und Industriebeteiligungen in aller Welt noch immer über unermessliche Reichtümer verfügt. Sie fand schnell Möglichkeiten ihre Vormachtstellung zu erhalten, indem sie sich, kaum waren die regionalen Konflikte beigelegt, mit den neuen Herrschern der Welt arrangierte.

Nach endgültiger Kapitulation bekamen die Staaten der Welt von den siegreichen Extremisten harte Auflagen. Eine prächtige Stadt musste in Tibet errichtet werden, und die Menschheit schuldete den Siegern absoluten Gehorsam.

Tina wuchs in diesen schlimmen Zeiten heran. Kindliche Unbefangenheit wurden ihr frühzeitig genommen. Die früh erlebte Bedrohung durch frei gesetzte Krankheitskeime beeindruckte sie so, dass sie schon in der Schulzeit beschloss, Biologie zu studieren. Tina studierte in Dallas, arbeitete danach für zwei Jahre in der Forschung und machte ihren Master of Science. Anschließend bekam sie einen eigenen sehr interessanten Forschungsauftrag und einen eigenen Etat.

Tina forschte über den Flug von Insekten, ein Gebiet, in das viele andere Wissensgebiete wie Physik, Mechanik, Biochemie und Morphologie hineinreichen. Zwar war über dieses Thema schon vieles bekannt, doch gab es noch viel Raum für neue Erkenntnisse.

Luft ist in einem gewissen Sinne zäher als Wasser. Das Verhältnis ihrer Gase zu ihrer Dichte, also ihre kinematische Viskosität, ist etwa fünfzehnmal so groß, und auf diese Verhältnisgröße kommt es in der Strömungsdynamik an. Der

Flug der Insekten erfordert pro Zeiteinheit aus strömungsdynamischen Gründen etwa zehnmal so viel Energie wie Laufen, verbraucht aber pro Kilometer nur ein Viertel dieser Energie. Fliegen ist also sehr anstrengend, bringt aber diesen Organismen große Vorteile. Die Flugmuskeln der Insekten haben die höchste Stoffwechselrate aller Lebewesen, ein Umstand, der vor allen die Industrie interessiert, die dabei ist, Nanomotoren zu entwickeln. Aus diesem Grunde standen Tina reichlich Forschungsmittel zur Verfügung.

Ihr Chef und Professor wandte ihr sehr viel Aufmerksamkeit und Wohlwollen zu. Er war für seine Position noch recht jung, ein sehr gut aussehender Mann mit leicht angegrauten Schläfen. Wenn sich Tinas Forschungen in den Abend hineinzogen, erschien er oft im Labor und machte freundliche Konversation. Anfangs fand Tina ihn etwas zu eitel, doch allmählich entwickelte sich ein Vertrauensverhältnis. Eines Tages rief ihr Chef sie zu sich und bat sie ihn zu einer Konferenz nach Los Angeles zu begleiten, sie könne dort ihre Ergebnisse darstellen und ihn unterstützen. Tina fühlte sich geschmeichelt, sie war die jüngste Mitarbeiterin und wurde nun so ausgezeichnet. Sie hatte auch allmählich Gefallen an diesem freundlichen, zuvorkommenden Mann gefunden und freute sich jedes Mal, wenn seine sportliche Gestalt abends im Labor erschien. Stets war er offen für eine Unterhaltung, selbst über Themen abseits der Wissenschaften konnte sie sich mit ihm intensiv austauschen. In ihren Gesprächen zeigten sich viele Gemeinsamkeiten, sei es im Verständnis von zwischenmenschlichen Bereichen oder bei der Beurteilung der Weltlage, die von den meisten Menschen im Gespräch gänzlich ausgespart wurde.

Gemeinsam flogen sie nach Los Angeles und bezogen zwei Zimmer auf demselben Korridor. Nach dem ersten Tag der Tagung lud der Herr Professor seine Mitarbeiterin zu einem Abendessen ein. Es wurde ein vergnüglicher Abend, der Chef sprühte vor Witz und Galanterie. Später lud er Tina noch zum Tanzen in die Hotelbar ein. Im Laufe des Abends kamen sie sich näher. Er erzählte ihr von seinen Kindern und seiner Frau, mit der er schon lange nicht mehr zusammenlebe. Sie habe nie Sinn für geistige Auseinandersetzungen gehabt, und er hätte sich mit seiner beruflichen Laufbahn immer weiter von ihr entfernt. So wäre er oft sehr einsam, denn die Kinder lebten ihr eigenes Leben und nur selten könne er sich an ihnen freuen. Sehr spät, doch in guter Stimmung suchten beide anschließend ihre Zimmer auf.

Tina war noch mit dem Entkleiden beschäftigt, da klopfte es leise an ihre Tür. Sie zog sich den Morgenmantel über und öffnete. Es war ihr Chef mit einer Flasche Sekt. Er sagte, er könne noch nicht schlafen und bitte vielmals um Entschuldigung, wenn er sie über Gebühr in Anspruch nehme. Sie tranken Sekt, und der Herr Professor zog sie in seine Arme und küsste sie wild. War es nun der Alkohol, sie hatten ja während des Abends Einiges getrunken, oder war Tina schon so sehr verliebt, jedenfalls dauerte es nicht lange, und sie lagen eng umschlungen in dem Hotelbett.

Nun waren sie jeden Abend zusammen und genossen ihre Zweisamkeit nach Seminaren und Diskussionen. In den Veranstaltungen bemerkte Tina trotz aller Verliebtheit eine gewisse Überheblichkeit und Koketterie ihres Chefs vor den anderen Wissenschaftlern. Es störte Tina, doch da etliche der wissenschaftlichen Größen ähnliches Betragen zur Schau stellten, relativierte sie diesen Eindruck. Für Tina war es unerlässlich, von einem Partner als gleichrangig betrachtet zu werden. Weiblich war sie in der persönlichen Beziehung, in geistigen Dingen war sie ein gleichberechtigter Partner, und sie bestand auf dieser Position. Mit etwas Herablassung, wie ihr schien, überließ ihr Kurt in den Gesprächen die ihr wichtige Anerkennung. Er bestärkte sie in der Meinung für ihn die lang ersehnte Liebe und gleichzeitig die notwendige Partnerin zu sein. Er beteuerte, seine persönlichen Belange schnellstens ordnen zu wollen, um ihr den gebührenden Platz in seinem Leben einzuräumen.

Auf der Rückfahrt bat er sie, im Institut noch Zurückhaltung zu üben und niemanden über ihr Verhältnis zu informieren.

In den dann folgenden Tagen zog sich der Professor in seine Arbeit zurück und war ganz der Chef. Nach vier Tagen kam er abends ins Labor, rief sie in sein Arbeitszimmer und wollte dort mit ihr schlafen, eilig und ohne Vorbereitung überfiel er sie mit Leidenschaft. Tina fühlte sich erniedrigt und missbraucht, sie war sogar erleichtert, als dieser Mann nach dem kurzen Zwischenspiel auf der Coach mit Ausreden einen schnellen Aufbruch zu erklären suchte. Daheim auf ihrem Zimmer weinte sie bitterlich. Tina merkte schnell, dass er es mit der Auflösung seiner Ehe nicht ernst gemeint hatte, dass er sie nur benutzte. Sie merkte auch, was für ein Egozentriker dieser Mann war, und dass andere Menschen ihm nur dazu dienten seine Bedürfnisse zu erfüllen. Ihre Arbeit im Institut wurde zur seelischen Belastung. Für Gespräche und emotionale Zuwendung war nun kein Raum mehr. Fieberhaft konzentrierte sie sich darauf ihre Arbeit abzuschließen. Sie wollte fort aus dieser Umgebung und weg von dieser demütigenden Erfahrung. Die nötigen Besprechungen ihrer Ergebnisse und die Durchsicht ihrer schriftlichen Arbeit durch den Institutschef wurden ihr zur Qual. Die reichlich zur Verfügung stehenden Forschungsmittel konnten sie nicht dazu bestimmen ihre Forschungsarbeit weiterzuführen. Sie wollte hinaus in die Praxis zu einer Beschäftigung in der freien Natur, und sie war glücklich gleich nach ihrer Kündigung im Institut eine Anstellung im Yellowstone Park zu bekommen. Diese Arbeitsstelle war nicht ganz das, was sie sich erträumte, zur Hälfte sollte sie sich um die Großtiere im Park kümmern, die restliche Zeit konnte sie in einem kleinen Labor in Gardiner an der Erforschung hitzeresistenter Bakterien arbeiten. Sie fügte sich in das Team im Park schnell ein, die Kollegen waren rau, aber herzlich, und sie hatte eigenverantwortliche Tätigkeiten.

Sie war erst wenige Monate im Park, da füllte sich schon ihr Haus, das ihr als Dienstwohnung zur Verfügung stand, mit kranken und pflegebedürftigen Tieren. Bob, ein riesiger gutmütiger Ranger, unterstützte sie bei der Pflege und bei der anschließenden Wiederauswilderung der Pfleglinge, was oft nicht so einfach war. Bob hatte Tina ins Herz geschlossen und suchte so oft es ging ihre Nähe. Tina war nach ihrer Enttäuschung noch nicht bereit mehr als eine Freundschaft zu akzeptieren. Sie verrichtete ihre tägliche Arbeit, pendelte zwischen ihrem Labor in Gardiner und dem Park hin und her und kümmerte sich abends um ihren kleinen Privatzoo.

Dann kam jener Tag, an dem sie die Bären beobachtete. So gänzlich unerwartet und überraschend kam dieser Erdstoß. Es blieb keine Zeit, um sich festzuhalten, und das Erdreich unter ihr gab nach, es war einfach nichts mehr da, um ihren Füßen Halt zu geben. Noch im Stürzen dachte sie: „Das war es, du dumme Gans!" Als die Bärin auf sie zukam, zweifelte

Tina nicht an ihrem Ende. Sie hatte noch nicht begriffen, warum der Bär plötzlich nach hinten wankte und den Abhang hinunterstürzte, als sich auch schon dieser bärtige Kerl zu ihr herunterließ. Tina sah die Uniform, alle grausamen Bilder von Mord und Unterdrückung waren ihr sofort vor Augen. Nein, sie wollte sich nicht verschleppen und knechten lassen, lieber sollte sie ein Bär fressen. Tina hörte ihren eigenen Schrei, und seltsam, der Gotteskrieger blieb auf Distanz und redete begütigend auf sie ein. Instinktiv ahnte sie die Möglichkeit durch schnelle Flucht zu entkommen. Tina krallte sich in den Felsen, sie fühlte die Erde unter ihren Fingernägeln und die Steine, die ihre Haut verletzten, doch sie sah auch, dass sie es schaffen würde, es war, als ob alle Angst sich in Kraft verwandelt hätte. Am Jeep angekommen verharrte sie, der Blick zurück zeigte, dass sie nicht verfolgt wurde. Schwer atmend zog sie sich auf den Fahrersitz. Da fielen ihr die Bärenjungen ein. Diese Babys waren ohne Mutter verloren. Sie zauderte, doch dann stieg sie aus, nahm ein Seil und ging sehr vorsichtig den Weg zurück, stets bereit erneut die Flucht anzutreten. Doch niemand war zu sehen. Vorsichtig umherspähend kletterte sie hinab zu den kleinen Bären. Sie stellten sich tot und bewegten sich nicht, doch als Tina einen von ihnen packte, wehrte sich das Tier mit aller Kraft und sie hatte Mühe den kleinen Kerl zu bändigen. Sie kletterte nach oben. Nur mit einer Hand konnte sie sich am Seil festhalten, und das zappelnde kleine Wesen gab keine Ruhe und erschwerte ihr den Aufstieg. Als sie beim Wagen ankamen, steckte Tina den Bären zunähst in einen der Säcke, die hinten auf der Ladefläche lagen. Sie band sorgfältig zu und holte dann noch den anderen Bären, den sie ebenfalls in einem Sack verstaute. Tina fühlte, wie sie vor Erschöpfung am ganzen Körper zitterte Sie gönnte sich aber keine Erholungspause, sie hatte es sehr eilig fortzukommen und sich und die Bären in Sicherheit zu bringen.

Der Motorenlärm des kleinen Flugzeugs, das anschließend über der Ortschaft kreiste, hatte sie nicht weiter beunruhigt. Tina brachte es nicht mit dem Zwischenfall in Verbindung, es kam schließlich vor, dass Privatflugzeuge von Touristen den Ort überflogen, bevor sie auf dem Flugplatz außerhalb des Parks landeten.

Nachdem sie abends die Bärchen gefüttert und in einem Ställchen untergebracht hatte, dachte sie noch bis spät in die Nacht hinein an diesen seltsamen Zwischenfall. Wieso hatte der Gotteskrieger sich zurückgehalten und ihr sogar geholfen? Die Tötung des großen Bären zu Ihrer Rettung passte überhaupt nicht in das Bild, dass sie von diesen Leuten hatte. Und dann noch die Frage, was er in dem Park zu schaffen hatte. Sie konnte sich bei bestem Willen nicht vorstellen, was so ein Gotteskrieger in einem Naturreservat suchen konnte. Leider waren diese Islamisten an keinerlei Regeln und Gesetze gebunden, niemand konnte ihnen etwas verwehren, aber seltsam war es doch. Tina schlief sehr unruhig und war froh, als sie das Bett verlassen musste, um vor ihrem Dienst noch die Tiere zu versorgen.

Bob schaute herein, als sie noch beim Füttern war, und sie zeigte ihm die Bärenjungen. Sie sagte, die Mutter wäre den Abhang heruntergestürzt, aber von dem fremden Gotteskrieger erwähnte sie nichts. Als morgens wieder ein kleines Flugzeug über dem Ort kreiste, ahnte Tina Zusammenhänge und wurde wieder unruhig. Bei ihrer täglichen Kontrollfahrt bemerkte sie, dass sie beobachtet wurde, der Fremde gab sich nicht einmal mehr Mühe sich zu tarnen, doch er blieb auf Distanz. Gegen Abend kreiste dann das kleine Flugzeug mehrere Male über ihrem Haus. Das Flugzeug erregte nun allgemein Aufsehen, aber alle außer Tina vermuteten einen aufdringlichen Touristen. In Tina wurde nun neben den Beklemmungen, die sie seit dem ersten Zusammentreffen mit dem Gotteskrieger hatte, auch die Neugierde geweckt. Als das Flugzeug zum dritten Mal sehr tief über den Ort flog, stand Tina draußen am Gehege, um ein verletztes Reh zu füttern. Ohne festen Vorsatz winkte sie mit einem leeren Futtersack, der über der Einfriedung hing, nach oben. Das Flugzeug wackelte mit den Flügeln und drehte ab. Tina war über ihre eigene Keckheit verdutzt, sie sah dem Flugzeug nach und ging erst ins Haus, als es über dem Waldrand verschwunden war.

Am nächsten Tage registrierte Tina, dass sie mehr nach dem Fremden als nach den Tieren Ausschau hielt. Eine Zeit lang beobachteten sie sich gegenseitig und wurden allmählich vertraut miteinander. Plötzlich stand der Gesuchte vor ihrem Geländewagen. Sie stoppte und stieg vorsichtig aus, ängstlich schaute sie herüber auf den Beifahrersitz, wie zufällig hatte sie ganz gegen ihre sonstige Gewohnheit dort eine geladene Waffe liegen. „Was willst du von mir?" Ihre Stimme war belegt, kaum konnte Tina ihr Festigkeit geben. War es nicht ein leichtes Erröten, das sein Gesicht überzog? „Ich möchte nur mit dir reden, du brauchst wirklich keine Angst zu haben." „Was hätten wir zu reden? Wir haben keinerlei Gemeinsamkeiten." Tina merkte selbst, dass ihre Stimme nun etwas ärgerlich klang. Der Fremde kam ihr langsam einige Schritte entgegen. „Verzeih, wenn ich dir widerspreche. Wir haben das gleiche Herz und Hirn, haben Gedanken und Gefühle, ich bin ein Mensch wie du." „Sind Frauen nicht für deinesgleichen eher Gebrauchsgegenstände?" Nun klang ihre Stimme herausfordernd. „Du bist die erste Frau, die ich richtig sah, und meine Seele begann zu träumen." Tina zog sich ein wenig in den Wagen zurück. „Dort wo du herkommst, gibt es doch sicherlich auch Frauen?" Rhesa war etwas verlegen. „Es gibt

Frauen, aber verborgen in den Palästen, niemals sah ich mehr als verschleierte Gestalten in der Ferne. Und in euren Städten habe ich keine Frauen beachtet, das liegt an den Umständen und an meiner Erziehung. Doch das ist es nicht, was mich bewegt. Ich habe dich beobachtet, und mein Herz kam dabei immer aus dem normalen Takt. Ich finde dich wunderbar." Nun war es an Tina verlegen zu sein, sie fand keine rechten Worte und meinte nur: „Ich muss weiter, man könnte uns sehen." Sie stieg in den Wagen und fuhr vorsichtig an Rhesa vorbei. Der stand regungslos und ließ den Wagen dicht an sich vorbeigleiten, wobei er den Blick nicht von Tina löste. Tina spürte, wie heftig ihr Herz klopfte. Die Gedanken überstürzten sich in ihrem Kopf, doch sie konnte keinen festhalten, wie im Traum lenkte sie ihr Fahrzeug heim.

Als die Sonne sank, hörte sie wieder das Flugzeug, ging hinter das Haus und winkte nach oben. Am folgenden Tag saß Rhesa wieder wartend an derselben Stelle. Tina stellte den Motor ab und ging ihm zögernd entgegen. „Ich freue mich sehr, dass du kommst." Rhesa hatte sich erhoben und strahlte sie an. Im Näherkommen meinte Tina: „Ich habe nachgedacht, warum sollten wir nicht miteinander sprechen, du scheinst nicht so zu sein, wie ich von deinen Leuten gehört habe. Du solltest mich aber nicht kompromittieren, niemand würde verstehen, dass ich mit dir rede. Wenn du zu mir in die Station kommst, bringst du mich in Schwierigkeiten, auch das Überfliegen solltest du unterlassen, sicher weißt du, wie sehr euch alle Menschen hassen." „Ich werde deinen Bitten nachkommen, doch wie kann ich meinem Herzen gebieten sich nicht nach deiner Nähe zu sehnen? Seit ich dich traf, finde ich keine Ruhe mehr. Selbst meine Tierstudien können mich nicht ganz ablenken, zu jeder Gelegenheit halte ich nach dir Ausschau. Ich bin glücklich, wenn ich dich sehen kann, aber ich will dich nicht kompromittieren. Wie könnte ich wollen, dass du Schwierigkeiten bekommst?" „Tierstudien treibst du also hier im Park, wozu dient das?" „Es gehört nicht zu meinen Pflichten Tierstudien zu betreiben, ich selbst habe dafür die Erlaubnis erbeten. Die freie Natur bedeutet mir so unendlich viel. In der Einsamkeit fern von allen Menschen war ich bisher glücklich, ich fühlte mich eins mit der Natur und ihren unzähligen Lebensformen, ich war geborgen. Die ganze Welt habe ich schon gesehen, doch ich habe mich stets bemüht Menschen zu meiden. Tiere sind so herrliche Wesen, sie stecken voller Leben, selbst Bäume und Pflanzen haben eine eigene Seele und sind Gottes Kinder wie wir." Das klang übertrieben und schwärmerisch und dennoch erreichte es Seiten in Tina, die ihr selbst zu eigen waren und nach denen sie ihr Leben ausgerichtet hatte.

Ohne Absicht hatten sich beide nebeneinander im Gras niedergelassen. „Ich habe noch niemals gehört, dass Auserwählte, wie ihr euch ja nennt, sich der Natur zuwenden und sich für diese Welt und ihre Lebewesen interessieren. Du musst verstehen, dass ich deshalb etwas misstrauisch bin, doch was du sagst, klingt ehrlich." „Kaum weiß ich selbst, was ich bin, werde ich schon zum Verräter an meinem Gott, weil mir andere Dinge das Herz bewegen? Schon lange leide ich unter meinen Zweifeln. Nie hätte ich davon sprechen können, aber es drängt mich, dir mein Innerstes zu offenbaren. In der Nähe meines Gottes im Paradies habe ich mich unwohl gefühlt, die Einsamkeit hat mir die Kehle zugeschnürt. Alle Krieger Gottes leben nur für ihn, dort gibt es keine Mitmenschlichkeit und keinen Austausch von Gedanken und Empfindungen. Über die Rechtlosen in der Stadt, Diener und Frauen, habe ich hinweg geschaut. Ich habe sie nicht bemerkt. Manches wird mir nun erst deutlich, wo ich mit dir sprechen kann, oder ist mir dann klar geworden, wenn ich glücklich war inmitten der Natur. In meinem ganzen Leben gab es bisher keine Freundschaft, niemanden, der mir nahestand, nur unerreichbar und fern meinen Gott, dem ich mein Leben und alle Gefühle schuldig war - stets war ich allein." „Hattest du keine Familie, was war mit deinen Eltern?" „Über meine Herkunft weiß ich nichts. So weit mein Erinnern reicht, war ich im Kinderheim, der Schule und der Universität. Immer unter strenger Aufsicht und zu Fleiß und Hingabe verpflichtet, persönliche Kontakte gab es dort nicht." „Ich habe mir nie Gedanken über euer Leben und eure Gefühle gemacht. Wir sind euch so sehr ausgeliefert, dass wir uns selbst verbieten überhaupt Gedanken an euch zu verschwenden." Tina berührte leicht seine Hand und sah ihm voll in die Augen. So dunkle tiefgründige Augen hatte sie noch nie gesehen, es schien ihr, darin ertrinken zu können. Ohne zu merken, was sie tat, streichelte sie über seinen Nacken und küsste ihn zärtlich auf die Stirn. Überrascht ließ es Rhesa geschehen, ohne selbst die Initiative zu ergreifen. Es war ihm wie im Traum. Verlegen erhoben sich beide. „Das wollte ich nicht," stammelte Tina, „bitte entschuldige." „Nein, nein, du hast mich glücklich gemacht", sagte Rhesa leise, nahm zärtlich ihren Kopf in seine Hände, küsste sie seinerseits vorsichtig auf den Mund und bat sie: „Bitte komm morgen wieder, ich bin so glücklich, ich kann es nicht fassen." Rhesa ließ Tina los, wandte sich ab und eilte fort.

Tief erschüttert und uneins mit sich selbst stand Tina eine Weile wie versteinert. Dann ging sie zum Wagen und fuhr langsam heim. Den Beobachter ihrer Zusammenkunft hatten beide nicht bemerkt. Bob, dem Tina so sehr am Herzen lag, hatte die Veränderungen an Tina bemerkt und war ihr seitdem vorsichtig gefolgt. Das Fernglas zitterte in seiner

Hand, als er die beiden so vertraut sah. Tina, seine Traumfrau, tauschte mit einem Feind der Menschheit Zärtlichkeiten. Bob verstand die Welt nicht mehr.

Kapitel 5   Bob

Bob leitete die Rangerstation im Park. Ein Außenstehender hätte das nicht gleich gemerkt, denn jeder Ranger war mit den anstehenden Aufgaben vertraut und verrichtete seine Arbeit selbstständig, alle waren untereinander freundschaftlich verbunden. So stand die Leitung mehr auf dem Papier, als dass sie im Alltag zum Tragen kam. Nur bei Verhandlungen mit Verwaltungsbeamten der Regierung musste Bob die Parkaufsicht vertreten, eine Verpflichtung, der er sich nur allzu gerne entzogen hätte. Er war ein Hüne, 1,96 Meter groß, muskulös, aber doch schlank. Auffallend war seine aufrechte Haltung, was bei großen Menschen selten zu beobachten ist. Er schien von einer Aura aus Gutmütigkeit umgeben. Seine hellblauen Augen leuchteten unter den etwas zu struppigen Augenbrauen hervor, und das kleine Lächeln schien nie zu verlöschen, ein markantes Gesicht, dessen Harmonie leider von einer stark entstellten Nase gestört wurde. Die Nase war so sehr eingedrückt, wie es wohl selbst bei Boxern selten ist.

Bob war als Waise bei einfachen Farmern mit sehr wenig Land und vier eigenen Kindern aufgewachsen. Genau genommen waren seine Pflegeeltern eher Landarbeiter als Farmer, denn das wenige eigene Land konnte die Familie nicht ernähren. Aber es waren gütige Menschen und sie hatten sich sogar so viel Bildung angeeignet, dass sie, obwohl sehr arm, als gesellschaftlicher Umgang in der Gegend geschätzt waren. Sie hatten Bob aufgenommen, als er gerade vier Jahre alt war.

Seine leiblichen Eltern wollten von England aus mit einem Schiff nach Amerika fliehen, doch sie erreichten das Festland nicht mehr und starben im Angesicht der Küste. Während der Überfahrt brach auf dem Schiff eine Epidemie aus. Die Flüchtlinge hatten die bei Terroranschlägen in England freigesetzten manipulierten Pesterreger, denen sie durch die Flucht zu entkommen trachteten, mit auf das Schiff gebracht. Das Schiff ankerte in Quarantäne mehrere Wochen in einer geschützten Bucht. Die Besatzung wurde von freiwilligen Helfern medizinisch versorgt, bis keine Krankheitskeime mehr nachzuweisen waren.

Von den Passagieren und der Besatzung überlebte nur jeder fünfte. Übrig blieb auch eine größere Zahl von Kindern, deren Eltern ums Leben gekommen waren. Diese Kinder wurden auf die umliegenden Heime verteilt. Geschwächt durch die überstandene Krankheit wurde Bob zunächst in ein Krankenhaus überstellt und von dort kam er in ein Waisenhaus, nachdem er sich ein wenig erholt hatte. Schon nach wenigen Wochen Heimaufenthalt holten ihn seine Pflegeeltern zu sich und adoptierten ihn.

Damals hatte die vielen Opfer der Anschläge eine Welle von Hilfsbereitschaft in der Bevölkerung ausgelöst. Das Land war unter der Bedrohung zusammengerückt, und tätige Nächstenliebe wurde fast zu einer Selbstverständlichkeit.

Den Vornamen Bob erhielt er erst von seinen Pflegeeltern. Ursprünglich hieß er Bruce-Winston, aber seine neuen Eltern hielten es für besser, ihm einen bodenständigen amerikanischen Namen zu geben.

Etwas abgeschieden auf dem Lande wuchs Bob, umsorgt von seinen vier älteren Geschwistern, heran. Die Schule war sehr schlicht und leistete nur das Allernotwendigste. Mit einem Bus konnte Bob in etwa einer Stunde seine Schule erreichen, also musste er an jedem Schultag zwei Stunden mit Busfahren verbringen. Mit dem Bus fuhren nur die Kinder armer Eltern, die meisten Kinder wurden von ihren Eltern mit dem PKW zur Schule gebracht. Für Bob gab es keine

Mitfahrgelegenheit, denn es wohnten keine Schulkameraden in der Nähe der kleinen Farm, und seine Adoptiveltern hatten nur einen klapprigen, alten Lastwagen. Für Bob war diese Schule zu einfach, er war sehr bildungshungrig und las alles, was ihm unter die Hände kam.

Nach der Grundschulzeit war es seinen Adoptiveltern nicht möglich, Bob in die viel weiter entfernte weiterführende Schule zu geben und so kam er gleich nach Beendigung der Schulpflicht zu einem Hufschmied, um alle Fertigkeiten zu erlernen, mit denen er seinen Lebensunterhalt selbst bestreiten konnte. Zusammen mit dem Schmied reiste Bob von Farm zu Farm. Bald konnte er mit den wildesten Pferden umgehen und am Amboss glühendes Metall zu Hufeisen formen. Doch Bob wollte mehr erreichen. So verabschiedete er sich von seiner Familie, um sich in der fernen Stadt weiterzubilden. Er hatte alles, was er erübrigen konnte, zusammengespart und dachte damit einige Zeit auszukommen. Bob träumte von der Universität, doch zuvor musste er die höhere Schule besuchen und noch weitere Jahre zum College gehen. Dazu brauchte er viel Geld.

Bei entfernten Verwandten, genauer bei Verwandten seiner Adoptiveltern, bekam er zwar ein sehr kleines Zimmer auf dem Dachboden, aber ernähren musste er sich selbst. Die Schule kostete für seine Verhältnisse sehr viel und Bücher und Hefte waren nicht billig. Als er in das College aufgenommen wurde, bekam er zwar durch seine guten Leistungen, er war der Jahrgangsbeste, ein Stipendium, doch konnte das seine Geldsorgen nur etwas lindern.

Seine Verwandten, bei denen er untergekommen war, bekam Bob kaum zu Gesicht. Eine kleine Stiege seitlich am Haus führte zu seiner Kammer, und niemand fand den Weg zu ihm hinauf. So lebte er ganz für seine Bildung. Sein erspartes Geld ging aber zu schnell zur Neige, und Bob musste Möglichkeiten finden neben seinen bisherigen Aushilfstätigkeiten in Gaststätten laufend etwas hinzuzuverdienen.

Er fand eine Anstellung in einem großen Stall zur Aushilfe und beschlug dort Pferde. Bei dieser Tätigkeit kam es oft zu Konflikten mit den Unterrichtsstunden, denn der Eigner des Stalles wollte Bob dann haben, wenn er einen Auftrag hatte, und nicht dann, wenn Bob in den Nachmittagsstunden Zeit für ihn fand.

Bei einem großen Rodeo in der Stadt wurden viele Pferde untergestellt, und viele Hufe mussten gepflegt werden. Für einige Tage konnte Bob den Unterricht nicht besuchen.

Bob war ein ausgezeichneter Reiter, und Männer der Show rieten ihm sich zu bewerben, da könne er gutes Geld verdienen. So kam Bob zur Rodeo-Show. Er ritt wilde Pferde und selbst Stiere. Er wurde schnell in der gesamten Gegend bekannt und fuhr nun nur noch von Zeit zu Zeit zu einer dieser

Veranstaltungen und verdiente genügend Geld. Er konnte sich sogar einiges zurück legen, um gleich nach Abschluss des Colleges sein Studium aufnehmen zu können.

Im letzten Jahr seiner Collegezeit ereilte ihn ein schlimmer Unfall. Auf einem großen Rodeo wollte er einen Stier reiten. In der Box saß er auf dem mächtigen Tier. Die Türen wurden aufgestoßen und der Stier machte einen Satz nach vorn. Bob klammerte sich an den Griffen des Bauchgurtes fest. Doch statt weiter nach vorn zu stürmen und zu bocken, wendete der Stier abrupt und schleuderte den Reiter mit dem Kopf an den aufstehenden Flügel des Tores. Durch die Wucht der schnellen Drehung wurde Bob mit dem Gesicht genau auf die Kante der Holzbohlen geknallt. Wie leblos wurde er von Helfern in die Box gezogen und schnellstens in die Klinik gebracht. Sein ganzer Kopf war verquollen und voll Blut. Sein Mittelgesicht war eingedrückt, eine tiefe Delle verlief direkt unter den Augen und der Oberkiefer war schräg heruntergedrückt. Eine Wiederherstellung schien fast aussichtslos. Bob kam viele Tage nicht zu Bewusstsein. Als er wieder zu sich kam, war er noch immer in einer schlimmen Verfassung. Er musste durch einen Schlauch ernährt werden und viele Operationen über sich ergehen lassen. Die Ärzte leisteten eine großartige Arbeit, die Knochen des Oberkiefers wurden gerichtet und das Mittelgesicht wieder restauriert. Doch die Nase war nicht mehr aufzurichten, die

Knochen darunter waren zu sehr eingedrückt, eine künstliche Nasenscheidewand hätte keinen Halt gefunden.

Als Bob wieder aus der Klinik entlassen wurde, war sein ganzes Geld aufgebraucht, der Abschluss auf dem College war vorerst nicht möglich. Doch seine Kameraden der Rodeo-Show sammelten für ihn und brachten so viel Geld zusammen, dass er das College abschließen konnte.

Der Unfall hatte Bobs Berufsperspektiven geändert und er bewarb sich nicht auf einen Studienplatz, sondern um eine Anstellung bei der Verwaltung der Nationalparks. Er wollte sich eine feste sichere Existenz gründen. Nach seinen Vorstellungsgesprächen bekam er einen Job bei der Parkverwaltung des Yellowstone Parks und es dauerte nur wenige Jahre, bis ihm die Leitung übertragen wurde. Mit der Zeit wurde Bob so etwas wie ein Teil dieses Schutzgebietes.

Doch nicht nur für den Park wurde Bob eine Zentralfigur. Im ganzen Land hatten sich im geheimen Gruppen zusammengefunden, die fieberhaft daran arbeiteten, Widerstand möglich zu machen, um die Diktatur der Extremisten abzuwerfen. Es gab zwar noch keine Konzepte, doch schon der Wille allein machte es, dass sich langsam wieder etwas Selbstbewusstsein ausbreiten konnte. Ein schneller Vernichtungsschlag gegen die Unterdrücker war nicht möglich, das wusste jeder, denn damit würde das gesamte

um den Erdball verteilte Vernichtungspotenzial aktiviert, es galt subtilere Methoden zu finden.
Bob war eine der Triebfedern der Widerstandsgruppe im Mittleren Westen. Die Widerständler hatten sich ein getrenntes Datensystem aufgebaut mit raffiniert getarnten Lichtleitern, selbst ihre Computer hatten sie zur Abschirmung in geerdeten Drahtkäfigen untergebracht. Vorsichtig wurde an dem Ausbau dieser Widerstandsnetze gearbeitet, die einmal bis hinein in die Befehlszentrale der Terroristen reichen sollten. Es galt, mutige Leute in die Dienerschaft zu infiltrieren, aber bisher war das noch nicht gelungen, da man mit größter Vorsicht zu Werke gehen musste. Doch die Verbindungen reichten schon weit. Es gab Widerstandsgruppen in Europa, Russland und China, in Nord- und Südafrika und in Indien. Bob arbeitete täglich ein bis zwei Stunden an dem Ausbau und an der Koordination der Gruppen.
Dann kam Tina zu der Truppe der Parkwächter. Tina entsprach ganz sicher nicht dem Ideal einer amerikanischen Frau. Sie hatte nichts Puppenhaftes, sondern sie war selbstbewusst und konnte zupacken wie ein Mann. Für eine Frau war sie groß, aber wohlproportioniert und geschmeidig. Ihre Augen waren ein wenig mandelförmig und die Wangenknochen leicht erhöht. Bei genauerer Betrachtung konnte man einen leichten asiatischen Einschlag ausmachen.

Ihre langen schwarzen Haare band sie zu einem Pferdeschwanz zusammen. Als sie erschien, um sich vorzustellen, merkte Bob, wie sein Herz zu rasen begann. Er riss sich zusammen, um sich nichts anmerken zu lassen, und gab sich später große Mühe, ihr sein Übermaß an Zuneigung nicht zu zeigen. Tina hatte sich sehr schnell in das Personal eingefügt, sie war gleichberechtigt und erledigte ihre Arbeit selbstverantwortlich. Von den geheimen Aktivitäten ihres Vorgesetzten hatte sie nicht die leiseste Ahnung.

Es dauerte nicht lange, da hatte sie den großen gutmütigen Mann ins Herz geschlossen. Bob ließ aber auch keine Gelegenheit vorübergehen ihr behilflich zu sein, und sei es nur, um in ihrer Nähe zu sein. Dann kamen das komische Flugzeug und damit Tinas häufige Ausflüge, die nicht so ganz mit dem normalen Dienstrhythmus übereinstimmten.

Sehr vorsichtig folgte nun Bob dem Geländewagen von Tina. Fassungslos musste er zusehen, wie sie sich mit einem der verhassten Gotteskrieger traf. Als Tina sogar diesen Burschen küsste, war es Bob, als würde ihm die Haut über den Kopf gezogen. Er zog sich zurück und konnte vor Erregung kaum den Weg finden. Taumelnd und stolpernd gelangte er an seinen Wagen. „Schlag ihm den Schädel ein und verbuddele ihn dort, wo ihn keiner findet", ging es ihm durch den Kopf. Doch Bob wusste zu gut, wie unmöglich das war. Nicht nur, dass er zu so einer feigen Tat gar nicht fähig war, sondern auch, dass die gewiss fürchterliche Rache nicht ausbleiben konnte und viele unschuldige Menschen dann büßen müssten. Aber Bob wollte sich nicht einfach verkriechen und Tina in ihr Unglück rennen lassen. Mit ihr konnte er nicht sprechen, sie würde sagen, das wäre nicht seine Angelegenheit. Außerdem müsste er dann zugeben, sie belauert zu haben, das war einfach unmöglich. Bob entschloss sich zu einer anderen Unmöglichkeit. Er wollte den Eindringling zu Rede stellen, selbst wenn ihn das selbst vernichten würde. Der Landeplatz der kleinen Maschine war schnell ausgemacht, und früh am Morgen bestieg Bob seine Geländemaschine, um dem Fremden einen Besuch abzustatten.

Kapitel 5   Der Rückruf

Rhesa ist sehr früh auf den Beinen. Seine morgendliche Wäsche vollzieht er auf der kleinen Lichtung im Wald. Etwas sehr oberflächlich, zugegeben, aber dafür gibt es zwei gute Gründe. Zum einen ist er Muslim und im Freien mag er sich nicht gänzlich seiner Kleider entledigen, zum anderen will Rhesa Wasser sparen, damit der Wasservorrat für einen ausreichenden Zeitraum reicht und ihn nicht zwingt, zwischendurch Wasser besorgen zu müssen. Nur mit einem feuchten Lappen frottiert er deshalb den entblößten

Oberkörper. Die unteren Partien reinigt er innerhalb seiner Beinkleider, nur Hände und Füße werden mit etwas mehr Wasser gewaschen, das er in ein kleines Blechgefäß gegossen hat. Das Wasser in diesem Gefäß stellt er sorgsam zur Seite, um es nach seiner Notdurft zu verwenden. Nach dem Ankleiden bereitet er neben dem Fahrgestell des Flugzeugs das Frühstück vor. Seine Mahlzeiten sind eintönig. Rhesa hat keinen Wert auf abwechslungsreiche Speisen gelegt und sich nur haltbares Gebäck, einige Tuben mit verschiedenen Brotaufstrichen und eine Anzahl unterschiedlicher Konserven besorgt. Zu Beginn des Tages kocht sich Rhesa aber gern einen heißen Tee, den er auf einem kleinen Campingkocher zubereitet. Die Fertiggerichte für das Mittagsessen kann er auf diesem kleinen Gerät direkt in ihren Behältern erwärmen. Abgerundet werden die Mahlzeiten meist von reichlichen Mengen haltbarer Milch, die er ausreichend in Einmalpackungen mit sich führt. Das Trinken von Milch hat sich Rhesa erst auf seinen Expeditionen angewöhnt, im Paradies ist es nicht üblich Milch zu sich zu nehmen. Seine erste Milch hat er vor einigen Monaten probiert. Sie hat ihm noch keineswegs geschmeckt. Er bekam sogar leichten Durchfall von dem Genuss der Milch, aber da er sich einige Packungen als Verpflegung mitgenommen hatte und sie nicht wegwerfen wollte, trank er sie allmählich aus, vertrug sie mit der Zeit besser und gewöhnte sich an den Geschmack.

Rhesa hat sein Frühstück fast beendet. Als er gerade den letzten mit Nusscreme bestrichenen Keks essen will, hört er ein Motorgeräusch, das sich zu nähern scheint. Soviel er weiß, sind dort keine Straßen und dennoch kommt das Geräusch auf ihn zu. Da scheint jemand mitten durch den Wald zu fahren. Hastig trinkt Rhesa den Rest Milch aus dem Becher und verstaut das Geschirr in der Kabine. Abwartend schaut er dem Gefährt entgegen. Noch hofft Rhesa, dass dieses Fahrzeug an ihm vorüberfahren wird, ohne ihn zu finden. Doch schon kommt ein Motorrad herangeschossen und bremst kurz vor ihm ab. Ein großer, breitschulteriger Mann bockt die Maschine auf und nimmt seinen Integralhelm ab. Zuerst sieht Rhesa die eingedrückte Nase, dann bemerkt er leuchtend hellblaue Augen und ein, wie es ihm scheint, willensstarkes Gesicht. „Was haben Sie hier zu suchen", fragt der Fremde mit rauer Stimme. „Darf ich fragen, was Sie das angeht?", stellt Rhesa eine Gegenfrage, ohne auf die Frage einzugehen. „Ich bin verantwortlich für die gesamte Gegend", erwidert der Fremde. Rhesa sieht den Fremden voll an. „Sie müssen dumm oder verwegen sein. Ich sehe, dass Sie nicht dumm sind, also sind Sie aus mir nicht bekannten Gründen sehr verwegen. Sie wissen doch genau, dass ich niemandem Rechenschaft schuldig bin. Was wollen

Sie also wirklich?" Der Fremde tritt noch einen Schritt näher: „Lassen Sie Tina in Ruhe. Ich liebe sie mehr als mein eigenes Leben. Ich erlaube nicht, dass ihr jemand ein Leid zufügt."

„So, Sie erlauben nicht? Dann haben wir ja wenigstens eine Gemeinsamkeit", sagt Rhesa mit sehr ruhiger Stimme. „Sie sollten überdenken, wie seltsam es ist, dass ich Ihnen das sagen muss. Ich jedenfalls finde, dass Tina selbst entscheiden muss, mit wem sie Kontakt hat. Sind bei euch nicht die Frauen gleichberechtigt oder steht das nur auf dem Papier?" Diese Entgegnung bringt Bob aus dem Konzept. Er wird verlegen und ganz rot im Gesicht. Doch trotzig erwidert er: „Was für Gemeinsamkeiten sollten wir schon haben? Sie gehören zu der Verbrecherbande aus Tibet. Nicht nur meine Eltern, unzählige Menschen haben Sie auf dem Gewissen." Bob hat alle Vorsicht verloren, die Eifersucht schwemmt die Reste seiner Ängste fort. Er fühlt, wie sehr er zittert, und ringt nach etwas mehr Ruhe.

Derartiges Verhalten verblüfft nun wiederum Rhesa. Es ist undenkbar, dass eine Person solch einen Ton gegenüber einem Auserwählten wagen kann. „Sie nennen mich also Mörder," sagt er nachdenklich. „Im gewissen Sinne haben Sie sogar recht. Hätte meine Gottheit mir die Tötung von Menschen früher befohlen, ich hätte nicht gezögert, diesen Befehl auch auszuführen. Gehorsam ist selbstverständliche Pflicht für einen Krieger. Doch in den Zeiten der Kämpfe und

des Mordens war ich noch ein kleines Kind. Wo liegt da meine persönliche Schuld? Ich bin mir nicht einmal mehr sicher, wie ich reagieren würde, wenn mir die Tötung eines Menschen befohlen würde." Nachdenklich schaut Rhesa an Bob vorbei, dann gibt er sich sichtlich einen Ruck und löst sich aus seinen Gedanken. „Was geht Sie das überhaupt an! Wer sind Sie schon, dass Sie sich so etwas herausnehmen dürfen. Wahrscheinlich haben Sie damit recht, dass wir kaum Gemeinsamkeiten haben. Ich denke, Sie haben alles gesagt, genau genommen viel zu viel. Nach dem Gesetz sind Sie ein toter Mann. Ich will es Ihnen nachsehen." Bob steht da mit hängenden Armen. Es ist ihm deutlich anzusehen, dass er noch etwas sagen will. Doch dann dreht er sich abrupt um, besteigt die Geländemaschine, setzt seinen Helm auf und startet. An seiner Fahrweise kann man die Wut ablesen, die in ihm brodelt, ohne Rücksicht rast er vorwärts.
Lange sieht Rhesa ihm nach. Dann nimmt er sein Gepäck auf und macht sich auf den Weg. Es wird Zeit, er hat ja schließlich eine Verabredung mit Tina, die er am Wasserfall zu treffen hofft. Tina wartet bereits. Ihr Wagen parkt oben am Rand der Klippe auf der seinem Landeplatz zugewandten Seite. Rhesa sieht sogleich den kleinen Zettel unter dem Scheibenwischer. „Bin an deinem Seil hinabgeklettert, warte dort unten auf dich." Rhesa bewundert die zierliche Schrift, steckt den Zettel in die Tasche seiner Weste und macht sich

an den Abstieg. Hier am Wasserfall ist er nun schon oft hinabgestiegen. Das Seil, das er vor Tagen oben am Felsen verknotet hat, ließ er hängen, um an dieser Stelle das Herunterklettern zu vereinfachen. Auf der gegenüberliegenden Seite ist es einfacher hinabzugelangen, dort gibt es einen gesicherten Pfad mit kleinen Treppen aus Metall, die in dem Fels eingelassen sind. Auf halben Wege sieht Rhesa schon Tina, die sich am Auffangbecken des Wasserfalls niedergelassen hat und zu träumen scheint. Als sie ihn hört, winkt sie hinauf. Rhesa beeilt sich und schließt Tina, die aufgestanden ist und ihm einige Schritte entgegenkommt, in seine Arme. Kaum haben sich ihre Lippen gefunden, wird Rhesa durch den Alarm seines Kommunikationsgerätes am Arm aufgeschreckt. Wie friedlich und ungebunden hat er bisher seine Zeit verbracht. Ausgerechnet in diesem Moment kommt ein Anruf, den er nicht einfach ignorieren darf.

Er betätigt einen kleinen Knopf am Gerät und meldet sich. Tina schaut ihn fragend an. Eine etwas blecherne Stimme ertönt von Rhesas Handgelenk „Rückruf, an alle, dringend sofortiges Erscheinen. Gelobt sei Dal Re, sein Wille geschehe, Allah ist in ihm." Rhesa wird bleich. Das kann nichts Gutes bedeuten. Ist er belauscht, ausgespäht und beobachtet worden? Weiß Dal Re, wie es um ihm steht? Ist er verloren? Noch niemals zuvor ist so ein Anruf gekommen. Solange

Rhesa dieses Gerät am Arm trug, hat er nur die täglichen Aufrufe zum Gebet empfangen. Es ist ja auch möglich, dass dieser Anruf nicht nur ihm gilt, sondern allen, die sich außerhalb des Paradieses aufhalten, dass es also eine allgemeine Maßnahme ist. Doch scheint ihm das nicht sehr wahrscheinlich. Außerdem müsste es auch dafür sehr triftige Gründe geben, und das kann ebenfalls nichts Gutes bedeuten.

Jedenfalls muss er sich sputen und darf den Gott nicht warten lassen. Er kommt fast in Panik und zwingt sich mit Mühe zur Ruhe. „Tina, ich komme zurück, so schnell es geht. Ich habe keine Wahl und muss mich beeilen, mich von dir reißen. Doch dir gehört meine ganze Liebe, nichts kann mich von dir trennen." Er schlägt die Hände vor sein Gesicht, um sich zu sammeln. Dann reißt er Tina an seine Brust und sie fühlt, wie sehr er bebt. Noch einen heftigen Kuss, dann lockert Rhesa seine Arme, schiebt Tina etwas von sich fort, sieht sie fast beschwörend an und dreht sich abrupt um, ohne noch etwas zu sagen. Es sieht aus wie eine Flucht, als er an dem Felsen hinaufklettert. Verwirrt schaut Tina ihm nach, wie er oben an der Abbruchkante verschwindet. Nun ist da wieder Fremdes, Bedrohliches. Ihr fröstelt, und langsam folgt sie Rhesa die Wand hinauf zu ihrem Wagen.

Rhesa keucht vor Anstrengung, im Dauerlauf eilt er durch das Unterholz. Ist er plötzlich aus einem schönen Traum erwacht? Ist er zu lange vom Paradies fort gewesen, hat er sich dadurch verdächtig gemacht? „Du bringst Tina in Gefahr", schießt es ihm durch seinen Kopf. „Du musst auf der Hut sein. Wenn du selbst auch nicht zu retten bist, rette wenigstens Tina." Seine Gedanken verwirren sich, er ist wie im Fieber. Kaum merkt er, wie schnell er den Weg zum Flugzeug zurücklegt. Mechanisch, ohne nachzudenken, macht er den Flugapparat startklar und hebt ab zu der nächsten Flugbasis, wo er den kleinen Gleiter gegen ein Langstreckenflugzeug eintauscht.

In kurzer Zeit ist das neue Flugzeug aufgetankt und bereits nach kaum einer Stunde startet Rhesa Richtung Nepal. Während des Fluges, der durch die Automatik gesteuert wird, versucht er seine Gedanken zu sammeln. Es gelingt ihm wirklich, die nervöse Unruhe in eine tiefe fast mechanische Entschlossenheit zu überführen. Fremd und böse schauen ihm die Armaturen entgegen. Er fühlt sich von allem belauert, als sei er eingekreist von feindlichen, hinterhältigen Mächten. Niemand soll ihn hindern, den Kampf um seine Liebe aufzunehmen, so aussichtslos es auch sein mag.

Als Rhesa das Paradies anfliegt und die notwendigen Meldungen und Passwörter durchgibt, ist er gefasst und ruhig. Beim Verlassen des Flugzeugs fühlt er sich in seiner Heimat fremd. Etwas Erleichterung verspürt Rhesa, als er registriert, dass seine Ankunft kaum Beachtung findet und dass etliche andere Flugkörper am Rande der Rollbahn geparkt sind. Es sind also noch viele auswärtige Gotteskrieger zurückbeordert worden.

Nachdem Rhesa die Nacht fast schlaflos in seinem Schlafzimmer zugebracht hat, wird er in den Palast Dal-Res befohlen. Seine schlimmen Befürchtungen werden erneut angefacht, als er von dienstbaren Eunuchen sogleich in die privaten Gemächer geleitet und dort allein von Dal-Re empfangen wird. Rhesa vollzieht die übliche Begrüßung und ist auf das Ärgste gefasst. Freundlich bittet Dal-Re ihm von seinen Reisen und Studien zu berichten. Nach Rhesas kurzem Bericht äußert die Gottheit, immer noch sehr freundlich, sein Unverständnis, wie einer seiner Krieger so lange dem Paradies fernbleiben könne. Gezielt äußert Rhesa den Wunsch für seinen Gott zu kämpfen und zu sterben. Doch dass die Tatenlosigkeit, selbst in der Gnade der unmittelbaren Nähe seines Gottes, für ihn nur schwer zu ertragen sei. Aus diesem Grunde habe er sich mit Allahs Geschöpfen eingehend befasst. Als Rhesa bemerkt, dass seine Gottheit freundlich zuhört, berichtet er begeistert von der Natur und all den Geschöpfen. Mit einem Handzeichen unterbricht ihn Dal-Re und weist auf den kostbaren Koran, der auf einem Tischchen liegt. „Was steht dort geschrieben?" fragt er. Rhesa antwortet: „Dort steht geschrieben, was unsere Pflichten sind und was Sünde ist." „Wo steht, dass du die Natur und ihre Geschöpfe lieben sollst?" Rhesa stutzt, und bevor er antworten kann, sagt der Gott: „Alle deine Gefühle, die du nach außen in die Welt richtest, entziehst du mir. Bereue und ändere deinen Weg. Das Wissen über die Dinge der Welt soll uns nur helfen zu herrschen und darüber zu wachen, dass alle Wesen dem Schöpfer untertan bleiben. Ich sah dich lange Zeit in Amerika verweilen, dem Hort Satans, der mir vor allem verhasst ist. Ist nicht unser großer Prophet und Märtyrer von diesen Ausgeburten der Hölle gejagt worden? Sind nicht seine Anhänger gemordet und abgeschlachtet worden, wobei ein ganzes Land, das Allah liebte und das ihm untertan war, zerbombt wurde? Mit Allahs Hilfe konnte ich der Mörderbande entkommen, und es gelang mir feurige Pfeile in das Fleisch der Feinde zu rammen, die sie zwangen sich mir zu unterwerfen. Sie bleiben ein Gräuel vor den Augen Allahs, nie werden sie sich von ihren Untaten frei waschen können." Das Gesicht Dal-Res hat sich verändert. Es ist nun nicht mehr freundlich, sondern seine Züge sind verhärtet und seine Augen strahlen von einem zornigen Feuer. „Bisher habe ich dich mit Wohlgefallen beobachtet, in dir ist ein heiliges Feuer. Ich sage dir nun, dass du Fleisch von meinem Fleisch bist, mein eigener Sohn, den ich gezeugt und über den ich gewacht habe, und dass du der Erwählte bist, der einmal meine Nachfolge antreten soll. Niemandem anderen als

meinem eigenen Fleisch und Blut hätte ich erlaubt sich so lange vom Paradies fernzuhalten. Als strenger, aber gütiger Vater gebe ich dir Gelegenheit zu bereuen und dich durch gottgefällige Taten wieder auf dem rechten Weg einzufinden. Denn siehe, ich habe ernstere Sorgen. Aufsässigkeit verbreitet sich unter den Menschen in der Welt dort draußen. Es bleibt kein anderer Ausweg als ein Exempel zu statuieren. Meine Strafe soll diese Ausgeburten des Bösen treffen und vernichten. Also höre: An dem Platz, an dem du zuletzt weiltest, ist das Erdinnere nahe der Oberfläche. Ich habe beschlossen dort deponierte H-Bomben zu zünden, um dem Magma den Weg nach oben zu öffnen. Das wird mir helfen, fast alle amerikanischen Teufel zur Hölle zu schicken und Gottesfurcht wieder in die Welt einziehen zu lassen."
Rhesa bemüht sich das starke Zittern seines Körpers unter Kontrolle zu bekommen, kaum kann er sich auf den Beinen halten. Seine Gedanken überschlagen sich. So plötzlich in den Mittelpunkt des Geschehens gerückt zu sein trifft ihn wie ein mächtiger Tiefschlag, glaubte er sich doch so fern dem Zwang selbst Gewalt ausüben zu müssen. Sohn und Nachfolger des Mächtigsten, das ist ein Albtraum. Das Schicksal scheint ihn verhöhnen zu wollen. „Mächtiger, ich bitte um Vergebung, kaum kann ich deine Worte fassen. Deine Nachfolge, wie sollte mir das möglich sein? Unwürdig und klein bin ich vor deinem Angesicht. Dir gehört mein

Leben, lass mich für dich sterben, aber deinen Platz einzunehmen ist außerhalb meiner Vorstellungskraft." „Mein Sohn, willst du an den Plänen Allahs zweifeln? Wenn Allah dir deinen Platz zuweist, wird er dich erhöhen über alle Menschen. Gib mir keinen Anlass deinen Glauben zu tadeln. Der Weg ist vorgezeichnet. Wir können nur Allah für seine Güte preisen und ihm dienen. Nur Worte zu meinen Plänen will ich von dir hören, denn du wirst sie in die Tat umsetzen und damit schon einen Teil der Last von meinen Schultern nehmen."

Rhesa nimmt all seinen Mut zusammen und entgegnet: „Die von der Sprengung dieses labilen Gebiets ausgehende Katastrophe könnte das gesamte Klima der Welt verändern und damit fast alles Leben auf der Erde vernichten, auch das Paradies", stammelt er. „Unterstellst du mir Unwissenheit?" Böse ist nun die Stimme des Mächtigen. „Was sind das für Werte, die da verloren gehen sollen? Sind wir nicht ewig und unbesiegbar? Außerdem bedenkst du nicht, dass diese Eruption schon längere Zeit droht, ohne dass sie jemand verhindern kann. Es mögen noch Jahrzehnte oder Jahrhunderte vergehen, bis sich die Erde dort öffnet, mit allen schlimmen Auswirkungen für das Klima. Deshalb kann auch die geplante Explosion einer Bombe den inneren Druck entlasten, sodass die Folgen für die übrige Welt nicht so katastrophal aussehen. Ich will und ich werde die amerikanischen Teufel vernichten." Mit plötzlicher Eingebung sagt Rhesa: „Mächtiger, ich war dort nicht nur mit der Natur beschäftigt. Ich bin dein treuer Krieger, und auch ich sah die Aufsässigkeit und habe deshalb versucht mich in das Vertrauen einiger Leute dort zu schleichen, um herauszufinden, was sie planen. Über eine Frau ist es mir gelungen, Kontakte zu den unbotmäßigen Rebellen zu knüpfen. Schon hoffte ich ausreichende Beweise und Einsichten in ihre geheimen Verbindungsnetze zu bekommen, um sie dem Erhabenen auszuliefern, als ich zurückgerufen wurde. Ich gebe zu bedenken, dass die Menschen nun schon eine Generation unter der Drohung vernichtet zu werden leben. Eine Tat, wie der Erhabene sie plant, könnte neben der Gefährdung unserer Sicherheit bei den Überlebenden das Gegenteil bewirken und geeignet sein die Schranken der Angst zu durchbrechen und in Aufsässigkeit zu verwandeln." Die Miene des Gottes hat sich noch mehr verfinstert, dicke Adern treten auf seiner Stirn hervor, doch Rhesa fährt fort: „Wenn du aber Beweise für die Aufsässigkeit der Menschheit vorlegst, wird alle Welt sehen, dass du zu Recht strafst, und sie werden feige erzittern. Ich würde eine andere Strafe empfehlen, die sehr hart trifft. Mit ihr könntest du strafen, ohne uns selbst zu gefährden. Ich rate deshalb, dass du ihre gesamten Kommunikationsnetze zerstörst. Damit wirfst du sie um Jahrhunderte zurück und sie werden in Not und Elend gestoßen. Sie werden büßen müssen und werden die Größe und Macht Allahs sehen. Ich kann Beweise erbringen und ihre geheimen und verdeckten Verbindungsnetze enttarnen. Gib mir einen kleinen Aufschub, und alle Menschen können sehen, dass mit ihrem Gott nicht zu spaßen ist."

Rhesa glaubt schon, zu weit gegangen zu sein. Zeit gewinnen, hämmert es in seinem Kopf. Dal-Re schaut eine Weile nachdenklich vor sich auf den Boden. Die eingetretene Stille zerrt an Rhesas Nerven. Doch dann schaut ihm der Gott fest in die Augen: „Du, mein Sohn, sei mein Auge, bevor mein Schwert fällt. Sicher ist es vorteilhaft zuerst die Datensysteme zu zerstören, um Aufständen überlebender Menschen vorzubeugen. Allah will ein großes Zeichen, wir haben ihm zu gehorchen. Eile, es duldet nur wenig Aufschub, spähe die Netze aus und bereite die Zerstörung vor. Dann komm zurück und sei mir behilflich mein Werk zu vollenden."

Dann sieht er über Rhesa hinweg und gibt ihm mit der Hand ein leichtes Zeichen, dass er entlassen ist. Rhesas Herz schlägt rasend, bei all dem Entsetzen ist er aber doch erleichtert, dass er selbst vorerst verschont geblieben ist, für einen Aufschub, für kostbare Zeit, um auf Rettung zu sinnen.

In der folgenden Zeit findet er kaum Muße zum Schlafen, ohne Unterlass arbeitet es in seinem Kopf. Er versucht sich vorzubereiten auf Dinge, die geschehen werden, die geschehen müssen, wenn er auch noch keine Ahnung hat, wie ein Rettungswerk aussehen könnte. Doch hat er keinerlei Zweifel, dass nur er den Kampf bestreiten und eine Lösung finden kann.

Am Abend desselben Tages geschieht noch etwas sehr Ungewöhnliches. Ein Diener Rhesas meldet einen Besucher. Auf Weisung führt er den späten Gast in den Empfangsraum. Zu Rhesas Überraschung ist es ein Eunuch Dal-Res, der sich wortreich entschuldigt und um eine Unterredung bittet.

Rhesa bittet den schmächtigen, von vielen Jahren gebeugten Mann Platz zu nehmen. Nachdem Rhesa einen Tee hat bringen lassen, beginnt der Alte nach kurzem Blick, um sich zu vergewissern, dass sie nicht gehört werden können: „Schwere Sorgen lassen mich den Anstand vergessen. Bitte hört mich an, und ihr werdet Nachsicht mit mir haben. Unser Herr und Wohltäter ist sehr krank, Allah wird ihn wohl schon bald an seine Seite rufen. Wir Eunuchen sorgen allein für das Wohl unseres Gebieters und haben viele Ohren. Wir müssen Umsicht walten lassen, denn manchmal geschieht es, dass die Gier nach Macht sogar den rechten Glauben fehlleitet. Ich habe Scheu vor meine Gottheit zu treten, um ihm zu sagen: Einige deiner Diener sind vom Glauben abgefallen und sinnen auf Mord. Es könnte ihn töten." „Wer sinnt auf Mord?", unterbricht Rhesa ihn irritiert. „Wer könnte Hand an die Person des Höchsten legen?" „Nein, Herr, Ihr versteht noch nicht ganz. Nicht den Herrscher, seinen Nachfolger will man beseitigen. Es sind zwei der alten Gefährten, die sich verschworen haben und meinen einen Anspruch auf die Herrschaft zu haben. Die Kunde ist zuverlässig, wir Eunuchen sind eine feste Gemeinschaft, wir haben keine Geheimnisse untereinander." „Was kann ich dagegen tun? Ich stehe in Allahs Hand, ihr tatet Recht unseren Gott nicht mit diesem Schmutz zu behelligen", antwortet Rhesa nach kurzer Überlegung. Der Eunuch steht auf und verbeugt sich. „Ich sehe, ich habe mich nicht in euch getäuscht. Allah ist zu euch gekommen, um euch zu erhöhen. Ich habe euch verstanden und der Wille Allahs wird geschehen." Mit Verbeugungen geht der Eunuch rückwärts zur Tür und verschwindet, ohne Rhesa den Rücken zu weisen.

„Nur keine Komplikationen zu diesem Zeitpunkt", geht es Rhesa durch den Kopf. Von so einer Seite hat er keine Gefährdung erwartet. Er glaubt aber den Besucher so verstanden zu haben, dass er sich keine Sorgen zu machen braucht. Könnten Eunuchen so einen Anschlag verhindern? Die Eunuchen scheinen eine große Macht in den Händen zu haben, obwohl sie so unauffällig ihren Dienst verrichten und nie in den Vordergrund treten. „Es ist gleich, was hier für Ränke gesponnen werden", denkt Rhesa, „Hauptsache, niemand hält mich zurück. Ich muss und werde einen Weg finden die Katastrophe zu verhindern." Er richtet seine Sinne wieder auf die anstehenden Probleme, die alles andere überschatten.

Etwas aber hat dieser Besuch ihm deutlich vor Augen geführt. Rhesa hat mit dem Gedanken gespielt, den kranken Herrscher zu beseitigen, da er als Nachfolger den Schrecken abwenden könnte. Nun sieht er klar, wie breit die Basis dieser Herrschaft ist und dass im Hintergrund schon viele bereit stehen den Schrecken weiterzutreiben. Wenn er sich gegen den Herrscher wenden würde, wäre damit auch seine eigene Vernichtung Gewissheit und er hätte jede Möglichkeit einer Einflussnahme verloren. Wie im Traum begibt Rhesa sich zu seiner Schlafstätte, winkt dem erscheinenden Diener sich zu entfernen und legt sich in seinen Kleidern auf das Bett.

Rhesa ist wie gelähmt, alles das, was in der letzten Zeit über ihm zusammengeschlagen ist, tanzt wirr in seinem Kopf umher. Langsam begreift er, wie nah er daran war einen schrecklichen Fehler zu begehen. Über das Machtgefüge im Paradies hat er sich noch nie Gedanken gemacht. Dal-Re ist so übermächtig, es ist ihm nicht in den Sinn gekommen war, dass es auch noch andere tragende Faktoren gibt in diesem Interessengeflecht. Wie konnte er darauf hoffen, wenn er erst als offizieller Nachfolger eingeführt worden war, die Macht an sich reißen zu können, um vorhandenen Schrecken zu stoppen? Es gibt keine Möglichkeit Einfluss zu gewinnen, erst nach der großen Katastrophe würde Dal-Re ihn in seine Nachfolge einführen und in interne Strukturen einweihen. Hier im Paradies kann er auf nichts hoffen, die Lösung der Probleme kann nur von außen kommen, doch wie? Nicht der kleinste Hoffnungsschimmer ist auszumachen.

Rhesas Herz hämmert wie bei einem anstrengenden Lauf. Die Gedanken werden immer unschärfer, verschwimmen und wogen schließlich unkontrolliert durcheinander. Fast nahtlos geht dieser übersteigerte Zustand in einen Albtraum über, einen Reigen von Monstern, einen Hexensabbat.

Rhesa erwacht schweißgebadet, ihm ist schwindelig, und er hat starkes Kopfweh. Er läuft ins Bad und nimmt eine kalte Dusche. Schon steht wieder ein Diener mit Tüchern bereit. Heute stört es Rhesa, er will keine Gesellschaft, selbst nicht von den unaufdringlichen Dienern. Er reißt sich aber zusammen und lächelt zum ersten Male in seinem Leben den Diener an. Im gleichen Moment merkt er, dass dieses Verhalten nicht nur ungewöhnlich, sondern sogar falsch ist und dass es den Diener verunsichert.

Am frühen Morgen, Rhesa hat gerade ein wenig gefrühstückt, wird von einem Diener Dal-Res ein kleiner Koffer mit technischen Ausrüstungsgegenständen gebracht, hochwertigen Geräten, um gefahrlos Menschen ausspähen zu können. Winzige mikroskopische Aufnahmegeräte und weitreichende Sensoren, Kameras, so groß wie eine kleine Bohne und digitale Aufzeichnungsgeräte für Daten, alles vom Besten, was das Paradies an Technik zu bieten hat. Der Diener ist erstaunlicherweise ein versierter Techniker, geht mit Rhesa die Ausrüstungsgegenstände der Reihe nach durch und gibt ohne Scheu die nötigen Erklärungen. Der eindrucksvollste Gegenstand ist eine kleine Diskette, die der Bote vorsichtig übergibt. „Das sind die Programme, die jeden Computer vernichten können. Wenn diese Daten eingelesen und in ein Datennetz gesendet werden, muss das aussendende Gerät vollständig gereinigt oder besser zerstört werden." Der Diener greift nach einer kleinen Ledertasche und entnimmt ihr ein Gerät, so groß wie zwei Zigarettenschachteln. „Dieser Miniaturcomputer hat auf der Rückseite unter jener Klappe einen Knopf, damit zerstört sich das Gerät selbst."

Mit diesen Worten packt der Bote alle Gegenstände wieder sorgsam in den Koffer zurück. Er scheint seinen Auftrag erledigt zu haben. Bezeichnenderweise hat Dal-Re einen speziellen Diener mit dieser Aufgabe betraut und keinen seiner Krieger aus dem Technikzentrum. Das verrät Vorsicht und ein gewisses Maß an Misstrauen. Dal-Re hält offensichtlich den Fortgang der Ereignisse noch fest in der Hand.

Gleich nach dieser kurzen Einweisung begibt Rhesa sich mit der Schnellbahn zum Flughafen, wo bereits ein startklares Flugzeug auf ihn wartet. Ein kurzer Check, und er hebt ab.

Die Unsicherheit der Nacht ist von ihm gewichen. Als sich das Flugzeug über die Berge erhebt und Rhesa das Paradies entschwinden sieht, hat er das Gefühl, sämtliche Brücken zu seinem bisherigen Leben niedergerissen zu haben und und aufzubrechen in ein neues, noch völlig unbekanntes Leben. Er ist entschlossen für den Erhalt der Natur zu kämpfen und wenn nötig auch zu sterben. Der Bruch zu dieser grausamen Gottheit, die sich nun sogar als sein Vater zu erkennen gegeben hat, ist durch seine Liebe zu Tina nicht mehr zu überbrücken. Vater, das ist für Rhesa nur ein leerer Begriff, mit dem er keinerlei Gefühle verbindet. Nein, mit diesem Mann hat er keine Gemeinsamkeit mehr. Alle Verehrung ist umgeschlagen in einen ohnmächtigen Hass. Nicht nur Tina, sie natürlich vor allen, aber auch die anderen rechtlosen Menschen, wenn sie ihm auch noch so fremd sind, will Rhesa nun retten. Alles, Pflanzen, Tiere und auch diese Leute gehören zu der lebendigen Natur, und damit fühlt er sich verbunden. Glauben ohne Liebe zu allem Lebendigen, das ist ihm zur Gewissheit geworden, kann nicht der rechte Glauben sein.

Kapitel 6 **Der Plan**

Nachdem sich Rhesas Erleichterung darüber, dem Paradies lebendig entkommen zu sein, gelegt hat, überfällt ihn die Aussichtslosigkeit seiner Situation mit aller Macht, sodass er am liebsten laut geschrien hätte. Nun wird ihm erst bewusst, dass er sogar in seinem Eifer Schlimmes zu verhüten, Tina mit hineingezogen hat. Wie konnte er nur so leichtsinnig sein vor Dal-Re seinen Kontakt mit einer Frau zu erwähnen! Beim kleinsten Schatten eines Misstrauens würde Dal-Re dieser Spur folgen.

Und wie stand es mit den angekündigten Möglichkeiten Verbindung zu Widerständlern herzustellen? Nichts hat er in der Hand, rein gar nichts, nicht einmal eine Idee, wie er an solche Kreise herankommen könnte. Da war nicht die leiseste Ahnung, wo er mit der Suche nach solchen Menschen anfangen könnte. War es nicht für einen der Auserwählten schier undenkbar solche Kontakte aufnehmen zu können? Was für ein Vertrauen müssten diese Leute aufbringen, um ihre so sorgfältige Tarnung zu lüften, und das noch vor einem der Feinde. Das ist der Kernpunkt, der alles Bemühen so unsinnig erscheinen lässt, an dem alles scheitern würde. Seine Rettungsfantasien waren so gänzlich hoffnungslos und irreal. Die Ohnmacht in dieser Situation wird ihm erst jetzt voll bewusst, Tränen der Verzweiflung treten in seine Augen. Diese Tränen sind es, die ihn wieder zurückholen und die schwarzen Gedanken etwas zur Seite drängen. Tränen hat Rhesa bisher nicht gekannt, überrascht wischt er sich die Augen. Wenn nichts zu retten ist, so ist er fest entschlossen das Schicksal aller zu teilen. Es bleibt nur die Wahl Unmögliches zu wagen oder gleich aufzugeben.

Dann denkt er daran, wie es sein wird, sich Tina zu öffnen, sich ihr mitzuteilen, eins mit ihr zu werden und mit ihr gemeinsam den aussichtslosen Kampf aufzunehmen. Ungeduld lässt den Flug viel zu langsam erscheinen, ein wenig Entspannung hätte ihm gut getan. Rhesa möchte sich gern zur Ruhe zwingen, aber seine fiebernden Gedanken lassen es nicht zu. Selbst die unsinnigsten Vorstellungen prüft er auf ein Fünkchen Realisierbarkeit, aber kein noch so vager Hoffnungsschimmer ist auszumachen.

Auf dem Flugplatz in Denver tauscht er das Flugzeug wieder gegen einen kleinen Senkrechtstarter. Die Zeit zum Auftanken nutzt er, um Proviant zu besorgen, und startet sofort, als er das Flugzeug in Empfang nehmen kann. Da er nun Tina immer näher kommt, beruhigt er sich ein wenig. Die trostlosen Gedanken treten etwas zurück, und es erwacht sogar so etwas wie Freude, die Vorfreude darauf die geliebte Frau wieder in die Arme schließen zu können und nicht mehr so völlig alleine zu sein.

Nach kurzem Flug sieht Rhesa die weißen Alabasterhügel der Sinterterrassen aus dem Grün der Bäume ragen. Dort ist das kleine Haus, in dem Tina wohnt. Rhesa fliegt eine tiefe

Schleife über den Ort. Tina ist leider nicht zu sehen. Dann fliegt er dem gewohnten Landeplatz entgegen. Als Rhesa niedergeht, sieht er schon Tinas Geländewagen am Rande der kleinen Lichtung stehen, ein Sprung aus dem Cockpit und er kann die Wartende in seine Arme nehmen. Eng umschlungen gehen sie zu Tinas Wagen. „Ich war gerade in dieser Gegend, als ich dein Flugzeug hörte. Wie schön, dass du zurück bist! Ich hatte schon große Angst, dich nicht wiederzusehen." Sie setzt sich hinter das Steuer, und Rhesa geht um das Fahrzeug herum und nimmt sich auf dem Beifahrersitz Platz. Nach einem langen zärtlichen Kuss sagt Rhesa: „Mein Herz ist voller Jubel wieder bei dir zu sein, doch mein Kopf ist so überfüllt mit Sorgen, dass ich nicht klar denken kann. Als ich dich verließ, wähnte ich mich allein in großer Gefahr, doch alles ist viel schlimmer, als ich befürchtete. Alles ist bedroht, ich weiß nicht, wie ich die Katastrophe aufhalten kann, es ist furchtbar." Es sprudelt aus Rhesa wie aus einem geöffneten Wasserhahn. Er erzählt Tina alles, was sich im Paradies zugetragen hat, von der Gefahr, die allen droht, und sogar dass er ein Sohn des Schrecklichen ist, verheimlicht er nicht.
Nach seiner Schilderung sitzen beide lange schweigend im Auto, dann fragt Tina leise: „Und was nun?" „Ich muss Verbindung zu tatkräftigen Leuten finden. Es muss Wege geben, um das drohende Verhängnis aufzuhalten. Ich brauche Hilfe, wir müssen alles wagen, wir können doch

nicht kampflos der Vernichtung entgegengehen." „Du willst Leute finden, die einen Kampf mit der Übermacht wagen? Du träumst, du kennst wohl doch unsere Verhältnisse nicht. Niemand wird dir glauben, dass offener Widerstand die letzte Chance ist. Dir, einem der Gotteskrieger! Jeder wird eine Falle vermuten. Jeder hat gelernt, dass nur Unterwerfung das Überleben sichert." Tinas Worte klingen mutlos. „Ich muss auch das Unmögliche versuchen. Bringe mich in Kontakt zu deinem großen Kollegen mit der platten Nase, mir scheint, der hat nicht so große Angst." Erstaunt fragt Tina: „Du kennst Bob? Das ist mein Chef. Er ist wohl sehr mutig, aber er wird sich nicht darauf einlassen, dich zu sprechen, seine Eltern sind durch euch umgekommen. Und was könnte Bob schon machen? Er ist ohnmächtig, wie alle anderen auch." „Ich muss versuchen irgendwo anzufangen, alles ist unwahrscheinlich. Ich muss auch die kleinste Chance nutzen. Ich sehe auch kaum eine reale Möglichkeit, dass dieser Bob mir weiterhelfen kann, doch ich weiß mir sonst keinen Rat. Ich achte ich ihn als einen mutigen Mann, sonst ist mir niemand bekannt." Rhesa berichtete Tina, wie er mit Bob zusammengetroffen ist. „Armer Bob", meint Tina, „ich habe nicht gewusst, dass seine Zuneigung so stark ist. Er tut mir leid, er ist so ein anständiger Kerl. Ich werde mit ihm sprechen, aber ich glaube, das ist vergeblich. Muss nicht Bob dich erst recht ablehnen, wenn er dich als Rivalen empfindet?" „Wenn er dir ein wenig Glauben schenkt, haben wir ihn schon gewonnen, denn dann weiß er auch, dass du in der gleichen Gefahr schwebst. Er wird sich überwinden, soviel traue ich ihm zu. Wir kämpfen doch ums Überleben. Wir sind gegenseitig aufeinander angewiesen. Sicher hat auch er keine Möglichkeit an Widerstandskreise heranzukommen, doch wenn wir ihn gewinnen können, sind wir schon drei." Beide schweigen wieder eng umschlungen. Draußen ist es dunkel geworden, ein funkelnder Sternenhimmel wölbt sich über dem dunklen Wald, ab und zu dringen ferne Tierstimmen in die feierliche Ruhe. Beide wünschen, ohne es auszusprechen, dass dieser Zustand zärtlicher Nähe kein Ende nehmen werde.

Spät ist es geworden, als Tina den Motor startet, um heimzufahren. Mit einem langen zärtlichen Kuss verabschieden sie sich voneinander. Gedankenschwer geht Rhesa mit gesenktem Kopf zu seinem Gleiter, setzt sich auf den Pilotensitz und starrt in die Nacht. Als es Morgen wird, hat er das Gefühl überhaupt nicht geschlafen zu haben, aber die Nacht ist so schnell vergangen, dass er wohl doch kurzzeitig etwas eingenickt sein muss. Nun gilt es abzuwarten, ob es Tina gelingt, Bob von der Notwendigkeit zu überzeugen mit einen der verhassten Religionsfanatiker zusammenzuarbeiten. Rhesa hat Muße erneut zu grübeln, welche Vorgehensweisen nötig und welche Möglichkeiten überhaupt zu erspüren sind, um einer Vernichtung auszuweichen oder sie wenigstens so weit hinauszuschieben, bis sich vage Möglichkeiten abzeichnen das Verhängnis abzuwenden. Es muss der Zeitpunkt kommen, an dem sich Dal-Re durch Rhesa hintergangen sieht, und ohne Zweifel wird er dann seinen Plan allein ausführen, auch wenn sein Sohn noch in dem Gebiet weilt. Also muss vordringlich jeder Argwohn vermieden werden, und die Zeit, die für Vorbereitungen zur Abwehr bleibt, ist sehr knapp bemessen. Und noch etwas anderes tritt Rhesa klar vor Augen. Die Rettung kann nur mit der Vernichtung des Paradieses gelingen, es ist unausweichlich. Er muss ebenfalls zum Mörder werden, zum Mörder an all seinen früheren Kameraden und sogar zum Mörder an seinem eigenen Vater. Rhesa schaudert es. Gibt es denn keine Möglichkeit zu leben, ohne Schuld auf sich zu laden? Kann aus Untaten etwas Gutes erwachsen? Aber nein, es ist reine Notwehr, unerlässlich, um so vielen Unschuldigen zu helfen, einer brutalen Verfolgung und ihrer Vernichtung zu entgehen. Die Entscheidung ist ja auch schon längst gefallen und denoch füllt Trauer sein Herz. Trauer über das Unausweichliche und doch fast Undenkbare. Die eigene Vernichtung ist ja so ungleich wahrscheinlicher als eine hypothetische Schuld, die ihm das Gewissen belasten könnte - ein schwacher Trost in dieser Lage.

Rhesa versucht diese schwarzen Gedanken beiseitezuschieben, sie sind nun wirklich keine Hilfe, um Wege für ein schnelles Handeln zu finden. Von ferne hört er ein Motorengeräusch. „Tina", schießt es durch seinen Kopf. Schon ist er munter, springt aus der Kanzel und sieht dem sich nähernden Wagen entgegen. Zu seiner Überraschung sitzt Bob auf dem Beifahrersitz. Als der Wagen hält, begrüßt Rhesa, um Bob nicht zu reizen, Tina mit Zurückhaltung. Es herrscht eine gespannte Atmosphäre. Bob sitzt noch, ohne sich zu rühren, auf dem Beifahrersitz, so als dächte er nicht daran das Fahrzeug zu verlassen. „Ich freue mich sehr, dass du dich überwunden hast mitzukommen, es ist ein kleiner Hoffnungsschimmer. Vertrauen kann ich noch nicht erwarten, doch wir können miteinander reden, das ist auch schon etwas." Bob übersieht Rhesas ausgestreckte Hand, öffnet die Wagentür und steigt aus. „Ich bin Tinas wegen mitgefahren, nur keine falschen Hoffnungen. Ich traue euch nicht, hinter deiner Geschichte steckt bestimmt eine Teufelei. Doch was nützt es, wenn ich weglaufe. Warum ich? Welches Interesse habt ihr an mir, dass ihr sogar Tina umgarnt?" Da schaltet sich Tina ein: „Bob, bitte, nicht gleich Streit. Ich bin alt genug selbst über mich zu entscheiden. Rhesa hat mich keineswegs umgarnt, wir haben uns beide verliebt, das ist alles. Komm, setzen wir uns hier am Flugzeug zusammen, und lass Rhesa berichten." Trotzig hockt sich Bob beim Leitwerk des Flugzeugs nieder: „Ist es nur wegen Tina, dass du plötzlich Menschlichkeit entwickelst?" Fest sind Bobs Augen auf Rhesa gerichtet. Vorsichtig antwortet Rhesa: „Ich kann meine Gefühle nicht auseinander dividieren, aber es fing früher an. Die Zweifel kamen, je mehr ich mich mit der Natur befasste. Die Natur hat mich Mitgefühl gelehrt. Es wäre mir vorher nicht möglich gewesen mich zu verlieben, so etwas hat man uns daheim nicht beigebracht. Doch wir sollten keine kostbare Zeit vertun. Höre einfach zu, was ich zu sagen habe, und versuche möglichst ohne Emotionen deine eigenen Schlussfolgerungen daraus zu ziehen."

In knapper Form schildert Rhesa die Ereignisse der letzten Tage. Als er endet, schüttelt Bob sein Haupt: „Ausgezeichnet, ausgerechnet dem Söhnchen des Allmächtigen soll ich Glauben schenken. Aber sage mir noch eins, warum wendest du dich an mich? Du könntest jeden anderen in deine fantastischen Geschichten einweihen." „Ich kenne niemanden außer Tina und dich. Du kamst zu mir auf dem Krad, und ich sah, dass du Mut hast, andere Gründe gibt es nicht." Zweifelnd entgegnet Bob: „Was meinst du, was ich tun könnte, ich habe ungleich weniger Möglichkeiten als du?" „Du könntest versuchen Kontakt zu Leuten herzustellen, die bereit sind sich zu wehren. Mir traut niemand, und ohne Hilfe bin ich verloren, genau wie alle anderen", versucht Rhesa Bob zu überzeugen. „Daher weht der Wind. Ihr wollt versuchen beginnenden Widerstand auszuspähen. Damit seid ihr am falschen Platze. Ich kenne niemanden, der verwegen genug ist sich aufzulehnen." „Du kennst viele Leute, du könntest versuchen Mitkämpfer zu finden. Ich will keine dieser Personen kennenlernen. Ich will über Kontakte nichts wissen. Ich will nur dann Mitstreiter haben, falls es mir gelingen sollte, die Sicherheitsmaßnahmen des Paradieses auszuschalten. Ich will eine Bresche schlagen, damit ihr euch von der Knechtschaft und der Bedrohung eures Lebens befreien könnt. Eine andere Chance, als mir zu vertrauen, habt ihr nicht. Ohne Risiko werdet ihr euch nie befreien. Überlege es dir, doch nicht zu lange, es bleibt nur wenig Zeit."

Rhesa hat sich erhoben, er hilft Tina auf die Beine und spricht leise zu ihr: „Bitte gib mir schnell Bescheid. Wenn Bob nicht mithelfen will, kannst nur du versuchen Kontakte herzustellen. Auswege müssen gesucht und gründlich durchdacht werden. Ich kann nicht tatenlos zusehen, wie alles zerstört wird." Bob sitzt noch immer und starrt vor sich auf den Boden. Plötzlich springt er auf und meint entschlossen: „Egal, was dahinter steckt, ein Köder oder eine winzige Möglichkeit. Ich wage es! Du bist an der richtigen Adresse, ich habe Verbindungen. Ich versuche die anderen zu überzeugen, du wirst bald von mir hören." Bob winkt Tina mit ihm zurückzufahren. Tina sagt noch schnell: „Ich komme bald zurück, warte hier", dann folgt sie Bob, setzt sich hinter das Steuer und startet.

Ungeduldig wartet Rhesa auf ihre Rückkehr. Hatte sich nun ein kleiner Fortschritt ergeben oder blufft Bob nur, um sich dann zu entziehen? Schon befürchtet Rhesa, fast einen Schritt zu weit gegangen zu sein. Hatte er nicht Bob gegenüber großmäulig Andeutungen gemacht, die überhaupt nicht zu erfüllen sind? Die Sicherheitsvorkehrungen des Paradieses auszuschalten, was für ein Gedanke war da seinem Gehirn entsprungen. Wie sollte das gehen? Der Einfall war plötzlich da. Ohne dass er ihn kritisch bewerten konnte, hatte er es ausgesprochen. Doch ist das wirklich so unsinnig? Oder ist das der lang gesuchte Ausweg, der zum Erfolg führen kann? Hat er nicht geraten, das ganze Kommunikationsnetz der Erde zu vernichten, also die schlafenden Viren zu aktivieren? Dal-Re hat ihn geschickt, um abgeschirmte Wege für den Datenaustausch ausfindig zu machen und für den Angriff zu öffnen. Wenn die Zentrale im Paradies nun für wenige Sekunden für die Einschleusung aktiver Vernichtungsviren geöffnet werden könnte, die das Netz lahmlegten oder es sogar zerstörten, dann könnte man dort weder die Abwehr noch die rund um die Welt verteilten Vernichtungswaffen auslösen, dann wäre man im Paradies einem Angriff wehrlos ausgeliefert. Aber nur Dal-Re besitzt den Code zur

Deaktivierung der inneren Abschirmung. Von außen ist kein Angriff mit Virenprogrammen möglich. Doch dann fällt Rhesa ein, dass für die Aktivierung sämtlicher schlafender Viren im Datennetz der Erde diese Mauer für Momente abgeschaltet werden müsste. Die Adressen sämtlicher Zerstörungssequenzen sind ganz im Innersten der Leitzentrale im Paradies abgelegt. Sind nicht alle Kanäle für so einen gewaltigen Datenstrom nötig und müssen nach außen geöffnet werden? Könnte man in diesem Moment den Datenfluss nur ein wenig verzögern, wäre es möglich in Gegenrichtung eine zerstörerische Fracht einzuschleusen. Die Funktion der Zentrale bräuchte nur für Minuten beeinträchtigt zu sein, dann wäre ein Gegenschlag auf das Paradies möglich, der stark genug sein müsste, um die Zentrale mit Gewissheit zu zerstören. „Eine Wasserstoffbombe", schießt es ihm durch den Sinn.
Rhesa ist wie elektrisiert, sieht aber auch gleich die Konsequenz dieses eben gefassten Plans. Nur er kann eine Verzögerung zwischen Öffnung und Aussendung der Vernichtungsprogramme bewirken. Der Vernichtungsschlag auf die Zentrale müsste dann sofort ohne Zeitverzögerung erfolgen. Da würde keine Zeit bleiben, um selbst der Vernichtung zu entkommen. Das Paradies würde auch für ihn zum Grab werden.

Sein Herz schlägt so heftig, als wolle es die Brust sprengen. Ist es das, was Rettung bringen kann? Jeder andere Weg wäre besser, wenn, ja wenn auch ein Erfolg zu erwarten wäre. Rhesa sucht fieberhaft nach Alternativen, nichts hält einer Überprüfung stand. Zum Glück kommt Tina zurück und reißt ihn aus diesen düsteren Betrachtungen.

Als sie aussteigt, hat sie einige Kleidungsstücke über ihrem Arm. „Probiere mal an. Ich will dich mitnehmen, und in deinen Klamotten ist das unmöglich. Du musst besser erreichbar sein. Bob stellt dir ein Zimmer zur Verfügung. Du könntest ja auch bei mir wohnen, aber ich glaube, wir kommen besser Bobs Wünschen nach, du weißt ja." Eine leichte Röte huscht über ihre Wangen. Rhesa ist verwirrt: „Bitte dreh dich um, meine Erziehung, ich bin Muslim." Wortlos dreht Tina sich zur Seite und er entledigt sich seiner Kleider.

Die neue Kleidung ist sehr ungewohnt, die engen Jeans, Strümpfe und Stiefel. Alles scheint ihm sehr gewöhnungsbedürftig, wenigstens das Hemd sitzt locker und bequem. „Wie sehe ich aus?" Tina dreht sich um und fängt an zu lachen. „Deinen Turban musst du natürlich auch ablegen, sonst nützen auch die anderen Kleider nichts." Rhesa streift seine Kopfbedeckung ab, sein schönes, leicht gelocktes schwarzes Haar leuchtet in der Sonne. „Was für ein Frevel so schöne Haare vor der Sonne zu verhüllen." Tina streicht mit ihren Fingern durch die schwarze Haarpracht, die leuchtend fast bläulich schimmert. „Ich habe noch nie so schöne Haare gesehen." „Nicht doch, wir sind es nicht gewohnt unsere Behaarung fremden Blicken auszusetzen. Bei dir ist das etwas anderes, aber zwischen den anderen Leuten werde ich mich unwohl fühlen. Es ist albern, das weiß ich selbst, doch Tabus der Kindheit sind nicht so leicht abzulegen. Ich hoffe, mich schnell an diese neue Aufmachung zu gewöhnen." Tina lacht: „Ich finde das sehr seltsam, die Kopfhaare wollt ihr verbergen und auf die Haare eures Bartes seid ihr stolz. Werde ich dich je ganz verstehen? In Hemd und Jeans siehst du aus wie ein Freak aus dem Ende des zwanzigsten Jahrhunderts." Nun lachen beide, und ein langer Kuss beseitigt die Unsicherheiten bei der Kleiderfrage.

Als Rhesa neben Tina auf dem Beifahrersitz sitzt, fühlt er sich wie ein anderer Mensch, noch immer ein wenig unsicher, aber auch ein wenig freier. Als er dann in die Siedlung einfährt und fremde Leuten auf der Straße sieht, verstärkt sich das Gefühl auf einer Maskerade zu sein, so als könnten alle sehen, dass er sich nur verkleidet hat. Er fühlt sich deutlich abgehoben von den Passanten auf der Straße, fast genauso wie in seinen gewohnten Kleidern, in denen jeder ihn gleich als einen der Auserwählten erkennen konnte. Dieses Gefühl verflüchtigt sich aber schnell, als er merkt, dass er keinerlei Aufmerksamkeit erregt. Als sie bei der

Parkstation ankommen, fühlt Rhesa sich in seinem neuen Outfit schon ziemlich ungezwungen.

Bob erwartet die beiden in seinem Dienstzimmer. Er streckt dem Besucher sogar seine Hand entgegen, was Rhesa mit Erleichterung registriert. „Ich habe frohe Kunde, wir bekommen Mitstreiter. Ich hatte zuerst starke Zweifel, ob ich Leute finde, die zum Mitmachen bereit sind. Aber vorab wollen sie mehr Informationen, einen genauen Lagebericht haben und mehr über Möglichkeiten für eine Gegenwehr wissen. Keiner von ihnen lässt sich auf unsichere Abenteuer ein. Nur wenn sie von der unentrinnbaren Notwendigkeit überzeugt werden können, werden sie bereit sein den Strohhalm, den du ihnen bieten kannst, zu ergreifen. Es wird ein hartes Stück Arbeit die Zweifel auszuräumen. Ich habe nur eine Zusammenkunft arrangiert, nun kommt es darauf an, wie überzeugend du bist. Bis dahin kannst du erst einmal hier wohnen." Mit diesen Worten öffnet Bob ein Zimmer, das direkt an das Büro der Parkverwaltung angrenzt.

Rhesa hat auf sämtliches Gepäck verzichtet, sogar seine kleine Waffe hat er abgelegt. Seine sorgsam ausgesuchte elektronische Ausrüstung ist im Flugzeug verwahrt. Er kann und will sie hier zu diesem Zeitpunkt nicht einsetzen. Später muss er wohl als Alibi, aber mit dem Wissen von Bob und anderen Personen, Ton- und Bildaufzeichnungen machen, die er Dal Re als Beleg für seine Spionagetätigkeit vorlegen kann. Das soll der letzte Schritt der Vorbereitungen sein, nun gilt es erst einmal zu überzeugen und genügend Schlagkraft zu mobilisieren, um diese fast wahnwitzige Aktion einem Erfolg zuzuführen. Dass mit dem Gelingen seines so schnell gefassten Planes auch sein eigener Tod verbunden ist, daran denkt Rhesa vorerst nicht.

Bob hat sich an seinen Schreibtisch zurückgezogen, und Tina begutachtet die Unterkunft. „Wir müssen dir noch einige Sachen besorgen, du hast ja überhaupt nichts mitgenommen, nicht einmal eine Zahnbürste." Bob hat wohl mitgehört, laut ruft er aus dem Büro: „Ich habe schon alles Notwendige besorgt. Nachts kann er einen Pyjama von mir anziehen, der wird zwar etwas groß sein, doch für die Nacht geht das. Zahnbürste, Seife und Handtücher sind schon im Bad. Ihr könnt euch ja überzeugen, dass ich an alles gedacht habe." Tina öffnet die Verbindungstür zu Bobs Büro: „Bei deiner Männerwirtschaft kann man doch nicht davon ausgehen, dass alles schon bereit ist. Danke für deine Mühe. Rhesa kommt erst einmal mit zu mir rüber. Ich will ihm meine Behausung und den Zoo zeigen. Du weißt ja, wo du uns finden kannst." „Um Schlag Zehn sind einige wichtige Leute da, dann müsst ihr zurück sein. Ich habe keine Lust hinter euch herzulaufen", brummelt Bob und tut sehr beschäftigt.

Es ist Urlaubszeit, und in den Straßen der kleinen Ortschaft Gardiner herrscht reges Treiben. Läden, vorwiegend mit Andenken, sind geöffnet und haben Gestelle mit ihren Angeboten bis weit auf die Straße gestellt, daran vorbei schiebt sich der Strom der Besucher. „Merkwürdig", denkt Rhesa, „die Menschen besuchen Naturschönheiten und bleiben an Ramschläden kleben." Tina bugsiert ihren etwas unsicheren Begleiter durch die Menge in eine etwas weniger belebte kleine Gasse. Von hier aus sind die Sinterterrassen zu erkennen. Sie gehen durch einen gepflegten Vorgarten in das Holzhaus, das Tina bewohnt. Voller Neugier besieht sich Rhesa das Heim, in dem seine Geliebte sich täglich aufhält. Er hat noch nie die privaten Zimmer normaler Leute gesehen, er kennt nur den Prunk der Paläste, die weitläufig und so viel unpersönlicher sind. In diesem kleinen Haus scheint es ihm eng, aber sehr gemütlich.

Tina und Rhesa setzen sich nah beieinander auf eine Coach, halten sich an den Händen und sind etwas verlegen. „Ich habe große Angst, du hast dich doch sicher in Lebensgefahr gebracht", meint Tina leise. „Das teile ich mit euch, es nimmt alles unentrinnbar seinen Lauf. Wir werden viel Glück brauchen, aber für mich war es das größte Glück dich zu treffen und bei dir sein zu dürfen. Dieses Glück werde ich, wenn es sein sollte, mit ins Jenseits nehmen. Was kann ich mir Schöneres wünschen?" Rhesa zieht Tina an sich, und unter zärtlichen Liebkosungen verschmelzen sie miteinander.

Sie werden eins, entrückt in eine andere Welt. Raum und Zeit treten zurück, wie ein Wirbel trägt es sie fort.

Ermattet merkt Rhesa die etwas unbequeme Lage auf der für zwei etwas zu schmalen Coach. Vorsichtig schiebt er seine Hand unter Tinas Kopf, der auf der harten Kante der Lehne ruht. Nun merkt er erst, dass sie beide gänzlich unbekleidet sind, und er kann sich kaum satt sehen an dem schönen Frauenkörper in seinen Armen. Dann öffnet Tina die Augen und sieht ihn lange schweigend an. Leise flüstert sie: „Ich habe nie geglaubt einen Menschen so sehr lieben zu können. Könnte das doch immer so bleiben!" Nach einem langen Kuss schwingt sie sich lachend hoch, klettert über Rhesa hinweg und sagt ausgelassen: „Schluss mit Träumen, wir verpassen die Zusammenkunft. Marsch, ab ins Bad! Ich mache schnell etwas zu essen." Tina zieht sich einen Morgenmantel über und verschwindet in der Küchenzeile. Ungern erhebt sich Rhesa, er rafft seine auf dem Boden liegende Kleidung zusammen und geht sich etwas frisch machen.

Die Dusche ist für ihn ein langer vermisster Luxus. Fröhlich summt er selbst erdachte Töne, immer noch in beschwingter Stimmung. Als sie das Haus verlassen, ist es bereits dunkel. Stille liegt über Gardiner. Die vielen Touristen sind verschwunden, und die kleinen Läden haben schon geschlossen. Die Straßen sind nur spärlich beleuchtet. Was für ein großer Kontrast zu dem lauten Treiben, das vor wenigen Stunden noch den kleinen Ort so aufdringlich erscheinen ließ. Sie gehen eng umschlungen, doch vor der Parkverwaltung lässt Rhesa Tina vorgehen. Sie gehen am Haupteingang vorbei zu einem Seitenflügel, wo hinter den zugezogenen Gardinen der Fenster Licht schimmert, und betreten nacheinander den Versammlungsraum. An den zwei langen Tischreihen könnten viele Menschen Platz nehmen, doch nur hinten vor einer Theke, an der Stirnseite des Raumes, sitzen einige Männer. Es mögen wohl kaum mehr als zehn Personen sein, die sich an den vor ihnen stehenden Getränken festhalten.

Als Tina und Rhesa sich der Gruppe nähern, steht Bob auf, und zeigt auf Rhesa: „Das ist der Mann, der sich um Kontakt bemüht. Macht euch selbst ein Bild." Mit einer Handbewegung weist Bob die beiden Ankömmlinge an, Platz zu nehmen. In Rhesa steigen Zweifel an seinem Plan hoch. Zu seltsam scheint ihm dieses Treffen mit einer Handvoll einfacher Männer. Es sind wohl Familienväter aus der Umgegend, was können sie bei so einem Unterfangen nützen? Um sich überhaupt nur den Hauch einer Chance vorstellen zu können, wäre eine kleine Streitmacht erfahrener Kämpfer erforderlich. Rhesa sieht sich die Männer genauer an. Im Hintergrund sitzt ein etwas jüngerer Mann und hantiert mit einigen technischen Apparaten, die

vor ihm auf dem Tisch stehen. „Was bedeutet das?", fragt Rhesa in Richtung zu Bob, indem er auf den Mann weist. „Wir schirmen den Raum ab, damit wir nicht belauscht werden können. Keine Angst, wir sind ehrliche Leute", erklärt Bob.
Noch herrscht gespanntes Schweigen. Schließlich sagt ein bärtiger grobknochiger Mann: „Dann will ich mal den Anfang machen. Also gerade heraus. Wenn es ehrlich ist, dass Sie sich auf unsere Seite schlagen wollen, sind Sie ein Verräter an Ihrer Gemeinschaft. Wenn es nicht so ist, dann wollen Sie uns verraten. Wie sollen wir Ihnen also trauen? Mir scheint das die Grundfrage zu sein." Ruhig entgegnet Rhesa: „Das sind falsche Voraussetzungen. Ich will nicht Ihrem Klub beitreten und auch nicht in eine andere Position wechseln. Die Realität ist, dass die Welt kurz vor ihrer totalen Vernichtung steht. Das ist es, was Sie mir glauben müssen, oder Sie werden es erleiden, so einfach ist das. Dieser akuten Drohung will ich mich entgegenstemmen. Ich sehe keine andere Möglichkeit diesem Wahnsinn zu entkommen als einen verzweifelten Kampf zu wagen, ohne handfeste Aussichten auf einen Erfolg. Ich möchte nicht die letzte Möglichkeit verstreichen lassen und tatenlos dem sicheren Ende entgegensehen. Eine kleine Chance sehe ich. Wenn es mir gelänge, für kurze Zeit den Auslöser der Vernichtungsmaschinerie lahmzulegen, könnte sich im Sicherheits-

system des Paradieses eine Lücke auftun, durch die ein Gegenschlag möglich sein sollte. Dieser Schlag muss von außen erfolgen und die Quelle des Verderbens sicher vernichten. Die Zerstörung der Einsatzzentrale, für die nur eine sehr kurze Zeitspanne zur Verfügung steht, muss umfassend sein, damit ausgeschlossen wird, dass die rund um die Erde verteilten Vernichtungswaffen ausgelöst werden können. Das ist etwas, was ich nicht leisten kann. Das muss von Ihnen durchgeführt werden. Dafür brauche ich Sie. Richtig ist, dazu bedürfen wir viel mehr als nur Mut und Entschlossenheit, dazu benötigen wir die geballte Vernichtungskraft einer ganzen Armee. Zur Vorbereitung bleibt nur noch wenig Zeit und das Gelingen hängt davon ab, ob es überhaupt möglich ist einen umfassenden Angriff zu organisieren. Hat überhaupt jemand unter Ihnen so viel Einfluss, um an höchste Stellen heranzutreten? Ohne Wissen und Mithilfe der Regierenden wird es nicht zu machen sein, das ist keine Aufgabe für eine Laientruppe."
Rhesa unterbricht seine Rede und sieht prüfend von einen zum anderen. Nun ergreift Bob das Wort: „Um so einen Plan zu organisieren, müssen viele Leute eingeweiht werden. Jeder weiß aber, dass es unzählige Zuträger gibt, die durch Erpressung und Bestechung zu dem gemacht wurden, was sie nun sind. Gerade in den hohen Regierungskreisen sind viele Verräter. Wie könnte so etwas organisiert werden,

ohne dass Dal-Re davon erfährt, es vereitelt und wir gerade dadurch unsere Vernichtung auslösen?" Das Gemurmel zeigt Zustimmung zu seinen Worten. Rhesa erwidert: „Dal-Re hat diese mörderische Tat beschlossen und wird sie in die Tat umsetzen. Ich habe einen kleinen Aufschub erwirkt, um die Auswirkungen besser abschätzen zu helfen. Ich habe versucht, die geplanten Maßnahmen zu mildern, aber ich bin mir gewiss, dass ich damit keinen Erfolg haben werde. Verrat ist eins der Risiken, die wir in Kauf nehmen müssen. Es gibt noch viel mehr Risiken, die wir überwinden müssen. Aber unter der Gewissheit, dass es kein Entkommen gibt, wenn der Versuch die Katastrophe aufzuhalten scheitern sollte, werden sich auch Verräter überlegen, ob sie sich selbst das letzte Schlupfloch nehmen, das ihnen bleibt. Ich rate nicht leichtfertig zu dieser Verzweiflungstat."

Von hinten erhebt sich ein Mann mit zerknittertem Gesicht und einer starken Brille, die er tief auf seiner Nase trägt. „Erstens, sind Sie der Sohn Dal-Res und zweitens, sind Sie absolut sicher, dass uns so etwas wie der jüngste Tag bevorsteht?" Der Mann bleibt stehen und erwartet die Antwort. „Dass ich der Sohn Dal-Res bin, habe ich von ihm selbst erst vor Tagen erfahren, als ich dort war. Zugleich erfuhr ich auch seine schrecklichen Pläne. Er ist fest entschlossen, mit den hier im Nationalpark deponierten Wasserstoffbomben eine Eruption auszulösen. Sie können sich ausmalen, welche Gewalten dadurch entfesselt werden würden, geeignet alles Leben auf der Erde auszulöschen. Ich halte das für Pläne eines Wahnsinnigen. Moderatere Maßnahmen, die ich vorschlug, um damit Zeit zu gewinnen, genügen ihm nicht. Sein Hass will Opfer, und er wird seine Pläne schon bald in die Tat umsetzen."

„Wir sollten es für heute dabei belassen", meint der Mann mit der Brille. „Morgen schicke ich einen Hubschrauber, und wir werden am geeignetem Ort das Gespräch fortsetzen."

Alle Anwesenden erheben sich gehorsam und gehen mit einem kurzen Gruß hinaus. Der Mann scheint einen großen Einfluss zu haben. Bob hält Rhesa zurück, auch Tina hat sich mit den anderen Gästen verabschiedet. Als alle gegangen sind, erklärt Bob: „Das war der Berater des Präsidenten. Es war nicht einfach an ihn heranzukommen, doch nun sind wir ein gutes Stück weiter. Du siehst, du kannst trotz unserer Differenzen voll auf mich zählen."

Sie haben den Anbau verlassen und gehen in Bobs Büro. „Leg dich schon ruhig schlafen, morgen wirst du alle Kraft brauchen. Wenn du noch irgendetwas benötigst, ich bin noch wach und arbeite etwas. Du kannst aber auch zur Entspannung etwas Fernsehen anschauen. Die Fernbedienung liegt auf dem Schränkchen neben deinem Bett." „Ich habe noch nie in meinem Leben Fernsehen geschaut und kann mit dem Apparat nicht umgehen.

Schaltest du bitte das Gerät für mich ein?" Bob erscheint grinsend in der Tür. „Du bist mir der rechte Technikexperte. Das kann doch schon ein kleines Kind, bevor es laufen kann. Es ist nur dieser Knopf, die einzelnen Programme schaltest du mit der Fernbedienung." Mit diesen Worten drückt Bob auf Stand-by und geht zurück in sein Büro. Rhesa versucht nun die einzelnen Programme und ist entsetzt über den vielen Unsinn, der dort verbreitet wird. Entspannung findet er dabei nicht und schaltet nach kurzer Zeit den Fernseher wieder ab. Es ist kein Raum für Zeitverschwendung, lieber noch etwas Gedankenarbeit. Der Schlaf wird dann schon kommen, müde genug ist er schließlich.

In dem fremden Bett liegt Rhesa doch noch lange wach, sein Gehirn will nicht zur Ruhe kommen, und so versucht er, seine Pläne noch besser zu strukturieren und bis in die kleinsten Einzelheiten zu durchdenken. Schließlich verschwimmen seine Gedanken und er findet den ersehnten Schlaf.

Als das erste Tageslicht das Fenster erhellt, ist Rhesa schon munter. Obwohl er nur wenige Stunden geschlafen hat, fühlt er sich erfrischt und tatendurstig. Im Haus herrscht tiefe Stille und auch draußen im Ort scheint noch alles zu schlafen. Im Bad denkt Rhesa, wie seltsam es ist, dass er sich so unbeschwert fühlt. Gleichzeitig kann er sich des Eindrucks nicht erwehren, sich in einem Traum zu bewegen, einem wirren und unverständlichen Traum. Ihm kommt das Wort „Unwirklich" in den Sinn, eindringlich, aber ohne Zusammenhang. Doch das ist genau das verkehrte Wort für diese Situation, in der er sich befindet und in der alles Bestehende in Gefahr gerät. Gerade die Wirklichkeit ist es, die so unbegreiflich brutal ihren Tribut fordert. Er allein kann und muss bewirken, dass dieser Albtraum beendet wird. So sehr sich seine Gefühle dagegen sträuben alles als Realität anzuerkennen, so klar weiß er, dass kein anderer Ausweg offen steht und dass er selbst verloren ist, ob der Rettungsplan nun gelingt oder fehlschlägt.

„Wie lange ist es mir noch möglich einen neuen Tag zu begrüßen?", denkt Rhesa. Doch dann fallen ihm die zärtlichen Stunden mit Tina ein und die schwarzen Gedanken werden für einen kurzen Moment zurückgedrängt. Aber sie lassen ihn noch nicht wirklich los, schon nach wenigen Augenblicken fallen sie wieder über ihn her. Muss er nicht seine ganze Kraft aufbieten sich von Tina loszureißen? Jeden Preis hätte er gezahlt, um mit ihr zusammenbleiben zu können. Mit Gewalt versucht Rhesa seine Gedanken abzulenken. Es ist ja so wichtig sich auf Kommendes zu konzentrieren, keine Ängste vor dem Unausweichlichen dürfen ihn hindern. Von den wenigen Tagen, die noch verbleiben, ist jeder kostbar und wichtig. Bisher ist alles besser verlaufen als er je hoffen konnte. Nun gilt es, den gefassten Plan Realität werden zu lassen. Die Regierung des mächtigsten Landes musste endgültig überzeugt und zum Handeln gebracht werden.

Das bedarf seiner vollen Hingabe und eines klaren Kopfes.

Kapitel 7   Vorbereitungen

Der Hubschrauber kommt zeitig, schon kurz nachdem Bob an die Tür gepocht hat, um Rhesa zu einem kleinen Frühstück im Büro einzuladen. Schnell verzehrt Rhesa eins der Sandwiches und leert hastig eine Tasse mit dünnem Milchkaffee, die ihm Bob eingeschenkt hat, wobei er sich fast den Mund verbrennt.
Da tritt auch schon ein junger Offizier ins Zimmer, grüßt stramm und bittet Rhesa ihm zu folgen. Vor dem Parkoffice warten noch vier bewaffnete Soldaten auf den Fluggast und sichern nach allen Seiten. Rhesa findet das etwas absonderlich, typisches Militärverhalten, auffällig und unnütz. Wieder steigen Zweifel an der Verlässlichkeit der erhofften Bundesgenossen in ihm hoch. Gerade kommt Tina angelaufen, die das Eintreffen des Helikopters gehört hat, um sich noch zu verabschieden. Sie umarmt Rhesa in aller Öffentlichkeit und küsst ihn hingebungsvoll. Die Soldaten haben den Hubschrauber schon bestiegen und Rhesa beeilt

sich, sie nicht warten zu lassen. „Es dauert sicher nicht so lange, ich liebe dich und kann es kaum abwarten wieder bei dir zu sein", flüstert er Tina schnell ins Ohr.

Beim Einsteigen winkt er ihr noch einmal zu, dann erhebt sich der düsengetriebene Helikopter mit großem Lärm und gewinnt schnell an Höhe. Durch das Fenster schaut Rhesa auf die rasch kleiner werdende Tina. Dann sieht er nur noch die wogenden grünen Wipfel des Parks. Obwohl man ihm einen sehr schnellen Hubschrauber geschickt hat, vergehen fast zwei Stunden, bis sie zur Landung auf einem großen ländlichen Anwesen ansetzen.

Beim Aussteigen werden sie von einer Gruppe ranghoher Militärs und zwei Zivilpersonen begrüßt. Einer der Männer im gepflegten schwarzen Anzug ist der Rhesa bereits bekannte Berater des Präsidenten. Da der zweite Mann zuerst mit ausgestreckter Hand auf Rhesa zutritt, vermutet Rhesa in ihm den Präsidenten der U.S.A. vor sich zu haben. Mit freundlichem Lachen sagt sein Gastgeber: „Ich setze große Hoffnungen auf unser Zusammentreffen, sein Sie mir willkommen." Danach begrüßt auch der Berater den Ankömmling, und sie gehen zu einem im englischen Landhausstil erbauten Gebäude. Verlegen wendet sich der Berater des Präsidenten an Rhesa: „Sie werden Verständnis dafür haben, dass wir auf einen Sicherheitscheck nicht verzichten können. Bitte folgen Sie mir und entschuldigen

Sie diese kleine Unannehmlichkeit." Sie gehen durch einen Korridor zu einem Fahrstuhl und fahren mit ihm zwei Stockwerke tiefer in einen Raum, der wie eine Mischung zwischen elektronischem Labor und einem Operationssaal aussieht. Noch im Fahrstuhl übergibt Rhesa dem Präsidentenberater eine kleine Disc, die er der Tasche seines Hemdes entnimmt. „Diese Disc enthält hochgefährliche Virenprogramme, die ich dem Präsidenten übergeben möchte. Sie sind ein wichtiger Bestandteil meines Plans. Der Versuch sie in die Datenverarbeitung einzulesen oder zu kopieren, ohne vorher alle Verbindungswege sorgsam abzutrennen, könnte furchtbare Folgen haben. Lassen Sie die Scheibe untersuchen. Doch bleiben Sie zugegen und verhindern Sie auf jeden Fall, dass sie in einen Computer eingelesen wird." Mr. Solm - der Berater hat sich in der Kabine des Fahrstuhls namentlich vorgestellt - nimmt die Disc entgegen, führt Rhesa zu einem der Herren im weißen Kittel und verabschiedet sich mit den Worten: „Ich verwahre die Disc und werde sie gleich wieder abholen. Wir haben für Sie ein kleines Bankett vorbereitet."

Der Weißkittel, wahrscheinlich ein Arzt, bittet Rhesa ihm in einen Nebenraum zu folgen. Dort bedeutet er Rhesa sich zu entkleiden und die Kleidungsstücke durch eine kleine Klappe an der Wand zu reichen. Durch seine Erziehung empfindet Rhesa diese Prozedur als höchst unangenehm. Der

Weißkittel hat kurze Zeit den Raum verlassen, doch Rhesa ist sich sicher, dass er durch unsichtbare Objektive beobachtet wird. Als der Weißkittel zurückkommt, unterzieht er Rhesa einer gründlichen ärztlichen Untersuchung. Eine Blutprobe wird entnommen. Sogar eine sehr unangenehme rektale Inspektion muss Rhesa über sich ergehen lassen. Nach einer Ganzkörperdurchleuchtung, wobei selbst die Zähne geröntgt werden, bekommt er seine Kleidungsstücke zurück und darf sich wieder ankleiden.

In dem Raum, den Rhesa zuerst betreten hatte, wartet bereits Herr Solm und entschuldigt sich noch einmal für die durchgeführte Sicherheitsprozedur. Sie fahren wieder herauf und gehen in einen Saal, der gleich hinter der Eingangstür vom Flur abgeht. In diesem großen Kaminzimmer mit einer imposanten Holzdecke und geschnitzten Balken ist eine Tafel hergerichtet, so üppig wie zu einem Festbankett. Rhesa wird von Herrn Solm an seinen Platz geleitet. Er soll zwischen einer ordengeschmückten Militärperson und dem Präsidenten sitzen. Der Präsidentenberater stellt Rhesa seinem Tischnachbarn vor. Es ist der Oberkommandierende der Luftwaffe. Der Raum füllt sich. Es erscheint eine große Zahl von Militär - und Zivilpersonen. Viele von Ihnen werden Rhesa vorgestellt. Es sind Generäle, Minister und hohe Beamte.

Als der Präsident Platz genommen hat, nehmen auch alle anderen ihre Plätze ein. Im Hinsetzen meint der Präsident: „Mein Berater übermittelte mir gestern schlimme Kunde. Er ist von der Richtigkeit der von Ihnen gemachten Angaben überzeugt, obwohl das, was Sie berichtet haben, geradezu ungeheuerlich ist. So schnell die kurze Zeit es zulässt, habe ich Vorbereitungen getroffen. Wir sind ausschließlich auf Ihre vorläufigen und sicher noch unvollständigen Angaben angewiesen und das birgt große Schwierigkeiten bei der Durchführung aller unbedingt notwendig werdenden Maßnahmen." Nach diesen Worten herrscht in der Runde betretenes Schweigen und Rhesa antwortet zum Präsidenten gewandt: „War die Bedrohung, die Ihnen schon so lange jede Selbstständigkeit entzogen hat und Ihnen so viel Opfer auferlegte, nicht auch ungeheuerlich? Diese Ausweitung des Schreckens konnte von niemandem vorhergesehen werden. Auch ich, der ich in diesem System aufgewachsen und erzogen worden bin, wurde von dieser Entwicklung aus der Bahn geworfen, sitze nun hier mit Ihnen am Tisch und betreibe die Vernichtung meiner ganzen Sippe und von allem, was mir bisher nahestand." Nach diesen Worten herrscht Stille in dem großen Raum, man könnte die berühmte Stecknadel fallen hören. Es dauert lähmende Sekunden, dann erhebt sich ringsherum lautes Gemurmel.

Der Präsident klopft an sein Glas, und der Lärm verstummt. „Ich danke Ihnen für diese Worte, doch nun wollen wir zuerst den Speisen zusprechen, später werden wir systematisch vorgehen und unsere Möglichkeiten prüfen." Er erhebt sein gefülltes Glas: „Herzlich willkommen."
Sogleich beginnt eine Dienerschar die Gäste zu bewirten. „Kennt der junge Herr wirklich das Ausmaß der Bedrohung, der wir ausgeliefert sind, und die Sicherungsmaßnahmen dort im Himalaja, die jeden Angriff illusorisch machen?", wendet sich der Hochdekorierte an Rhesa. „Ja, mir ist alles bestens bekannt. Jede männliche Person wird bei uns nach ihren Fähigkeiten umfassend ausgebildet, es wird alles strengstens überwacht, aber es gibt keine technischen Geheimnisse, da jeder zu jeder Zeit handlungsbereit sein muss. Die Macht Dal-Res beruht auf der Handlungsfähigkeit und auf dem unbedingten Gehorsam seiner Krieger." Die Militärperson seufzt verhalten: „Die Welt ist gespickt von Massenvernichtungswaffen, die wir nicht entschärfen können, ohne ein Inferno zu riskieren. Wir kennen die Orte wohl, doch haben wir kein Mittel gefunden uns von dieser Gefahr zu befreien. Ich bin gespannt, was Sie uns für Perspektiven eröffnen können." Rhesa spürt den ungläubigen Unterton in den Worten seines Tischnachbarn.
Dann spricht wieder der Präsident: „Seit wir uns zurückziehen mussten, um nicht die ganze Welt zu zerstören,

befinden wir uns permanent im Krieg. Viele Schlachten haben wir verloren, aber selbst in der aussichtslosesten Zeit haben wir uns nie ganz aufgegeben. Ich glaube ganz fest daran, dass uns eines Tages wieder die Freiheit geschenkt wird. Dann wird der Frieden alle Menschen erreichen, und die Welt wird wieder erblühen. Aus diesem Glauben heraus habe ich mich in diesen furchtbaren Zeiten wählen lassen und die Last der Verantwortung auf mich genommen. Ich werde nicht ruhen, bis alle Menschen wieder frei atmen können und ihre Kinder einer glücklichen Zukunft entgegensehen." Nach diesen Worten erheben sich die Anwesenden von ihren Plätzen und danken mit lautem Applaus für die optimistischen Worte.

Nach mehreren Gängen mit Köstlichkeiten, die durchaus mit denen im Paradies konkurrieren können, wird noch Kaffee gereicht. Dann bugsiert der Berater des Präsidenten eine Gruppe von wenigen Personen in ein Sitzungszimmer im Anschluss an den Speisesaal. Der Präsident folgt mit Rhesa. Nachdem alle Platz genommen haben, richtet der Präsident wieder an Rhesa das Wort: „Sie haben uns eindringlich gewarnt und dabei gleichzeitig Hoffnungen in uns geweckt. Bitte erläutern Sie uns, wo Sie Möglichkeiten sehen uns aus dieser Umklammerung zu befreien. Gleich zu Anfang noch eine Bitte. Erlauben Sie uns eine lückenlose Aufzeichnung dieses Gespräches? Wir werden sie brauchen, um alles

koordinieren zu können." Rhesa entgegnet: „Ich selbst hätte Sie gebeten eine Aufzeichnung zu machen, da jedes Detail wichtig ist, und alle notwendigen Maßnahmen, sollten sie stattfinden, genauestens abgestimmt werden müssten." Bei diesen Worten ist Herr Solm aufgestanden, schiebt eine kleine Klappe auf, die über einem Seitenbord an der Wand angebracht ist, betätigt einige Knöpfe der nun sichtbaren Tastatur und nimmt wieder seinen Platz ein.
Das ist für Rhesa das Zeichen seinen Vortrag zu beginnen. „Als ich aus dem Yellowstone Park, wo ich mich mit Naturbeobachtungen beschäftigte, in das Paradies zurückgerufen wurde, wurde ich zu meiner Überraschung gleich zu einer Audienz bei unserem Oberhaupt gerufen. Ich gestehe, ich war in Angst und Sorge, aber meine schlimmsten Befürchtungen wurden noch weit übertroffen. Dal-Re konfrontierte mich mit dem furchtbaren Plan den Yellowstone Park mit H-Bomben zu sprengen. Bei dieser Gelegenheit erfuhr ich so ganz nebenbei, dass ich sein Sohn und der von ihm bestimmte Nachfolger bin. Um Zeit zu gewinnen und um meinen sogenannten Vater von seinem Plan abzubringen, schlug ich vor, statt der geplanten für die gesamte Erde riskanten Sprengung das Datennetz außerhalb des Paradieses zu zerstören. Sie werden wissen, dass Ihre gesamten Datennetze, sogar die Netze Ihrer Regierung und die des Militärs, mit Ausnahme eines kleinen Teils von

verborgenen und sorgsam abgeschirmten Verbindungen einer Widerstandsgruppe, mit Viren verseucht sind, die nicht zu entfernen sind und bei Bedarf aktiviert werden können. Mit einer solchen Maßnahme würden die Kommunikation der Welt und alle automatischen Regelkreise lahm gelegt. Ich konnte zwar Dal-Re überzeugen, dass die Vernichtung der Vereinigten Staaten durch seine geplante Sprengung den überlebenden Rest der Menschen zu Verzweiflungstaten reizen könnte und es durchaus von Vorteil sei, zuerst das Datennetz zu vernichten, doch von dem Vernichtungsschlag wollte er nicht Abstand nehmen. Deshalb beauftragte er mich, die abgeschirmten Netze auszuspähen, mit Viren zu infizieren und für einen Zugriff zu öffnen.

So wurde mir kostbare Zeit geschenkt, um Auswege zu finden. Meine spontane Eingebung die Vernichtung aller Datennetze vorzuschlagen, um Schlimmeres zu verhindern, brachte mich auf einen Plan, den ich Ihnen nun darlegen will. In unserer Leitzentrale sind alle Computer zusammengefasst. Außerhalb dieser Einrichtung gibt es keine Geräte zur Datenverarbeitung. Wird einer unserer Computer mit dem äußeren Internet verbunden, wird gleichzeitig eine undurchdringliche Barriere zu den übrigen Datenverarbeitungsgeräten aufgebaut. Diese Sicherung wird erst dann wieder entfernt, wenn sämtliche Daten des Gerätes, das Außenkontakte gehabt hat, gelöscht sind. Nur

Dal-Re hat einen Code diese Sicherung stillzulegen. Diese Vorrichtung stellt sicher, dass unser Computersystem nicht von außen mit Störprogrammen verseucht werden kann.

Im zentralen Server sind alle Befehle zur Aktivierung der Zerstörungsprogramme und die Adressierungen sämtlicher Vernichtungswaffen gespeichert. Nur von dort können Vernichtungsprogramme ausgelöst werden. Die alleinige Verfügung über diese Programmteile hat ebenfalls Dal-Re. Zur Zerstörung Ihres Internets müssen also die Aktivierungsprogramme an die gespeicherten Ziele gesendet werden. Dazu ist eine Verbindung der Zentrale mit dem Außennetz nötig. Also muss die Abschirmung für die Zeit der Sendung ausgesetzt werden.

Mein Vater glaubt, mich fest am Haken zu haben. Sein Köder ist die Nachfolge auf seine Position als der mächtigste Mensch auf Erden. Der Eignungstest, sozusagen mein Gesellenstück, soll nun dieses Desaster werden. Ich soll diesen millionenfachen Mord auslösen und damit zeigen, dass ich der Nachfolge würdig bin. Dazu bekomme ich für eine kurze Zeit die Hebel der Macht in die Hände. Das ist der Schlüssel für einen möglichen Erfolg von Gegenmaßnahmen.

Nur eine winzige Lücke befindet sich in den sonst umfassenden Sicherungsmaßnahmen des Paradieses.

Alle Steuerungen zum Angriff und zur Verteidigung sind zentriert. In der Zentrale laufen alle Fäden zusammen, und al-

lein Dal-Re kann diese Maschinerie auslösen. Da ich für ihn den Angriff ausführen soll, muss mir mein Vater den Öffnungscode aushändigen, sonst können die Aktivierungsprogramme zur Vernichtung des irdischen Netzes nicht ausgesandt werden. Damit ist es möglich, dass ich für eine kurze Zeit das Datenzentrum nach außen hin öffnen kann. Ich muss nur eine kleine Zeitspanne zwischen Öffnung der Abschirmung und Aussendung der Aktivierungsprogramme schieben, damit die Killerprogramme, die ich Ihnen auf einer kleinen Disk mitgebracht habe, eingeschleust werden können. Mit diesen Viren könnte die Funktion der Server des Datenzentrums lahmgelegt werden. Bis neue Möglichkeiten geschaffen würden die um die auf der ganzen Erde verteilten Terrorwaffen auszulösen, verginge eine gewisse Zeit. In dieser Zeit müsste das Paradies angegriffen und gänzlich vernichtet werden. Es dürfen keine technischen Einrichtungen erhalten bleiben, und in dem Tal darf kein Krieger überleben.
Noch einmal, es wird nur möglich sein eine sehr kleine Zeitdifferenz zwischen dem Abschalten der Sicherung und dem Aussenden der Befehle aus dem Datenzentrum des Paradieses zu schieben. Diese kleine Differenz muss genutzt werden, um die Fracht von Zerstörungsviren einzubringen, die ich Ihnen mitgebracht habe."

Mit diesen Worten bittet Rhesa Herrn Solm die von diesem verwahrte kleine Disk dem Präsidenten auszuhändigen. „Auf dieser Scheibe sind die Adressierungen unserer inneren Anlagen und Programme mit schon aktivierten Zerstörungsviren gespeichert. Alle Server im Umkreis müssten natürlich in dieser Zeit schon ausgeschaltet sein, nur Geräte, welche diese Programme senden, dürfen in Betrieb sein und müssten danach sorgfältig von allen Daten gereinigt werden. Das Beste wäre, Sie vernichten diese Computer nach Gebrauch. Kommen die Viren vor der Aussendung der Aktivierungsprogramme in unser Datensystem, würde es zerstört, bevor es Unheil anrichten kann. Die Zerschlagung unserer kybernetischen Einrichtung könnte nicht sofort erkannt werden. Selbst bei ungestörtem Betrieb würden einige Minuten verstreichen, um die erfolgte Aussendung der Aktivierungsprogramme rund um den Erdball zu registrieren. In dieser Zeit würde noch niemand das Versagen unserer Systeme bemerken. Danach käme es zur Panik und zu einer fieberhaften Suche nach den Ursachen. Dann würde Dal-Re verständigt, was wiederum einige Minuten einbrächte. Um nun Funkbefehle an Vernichtungswaffen zu senden, müssten erst einmal die Computer repariert werden, zumindest einige Systeme, denn - wie schon erwähnt - ist alles zentral geregelt. Das erfordert eine unbekannte, doch sicher ausreichende Zeit."

Rhesa schaut in skeptische Gesichter und erläutert weiter:
„In dieser ganzen Zwischenzeit wären die Verteidigungssysteme wirkungslos und die Terrorwaffen nicht erreichbar. Es bliebe für Sie genügend Zeit, um die Zentrale endgültig zu vernichten. Um mit Sicherheit das ganze Vernichtungspotenzial auszuschalten, wird es sich wohl nicht vermeiden lassen eine oder mehrere Wasserstoffbomben einzusetzen. Ob die Sprengkraft einer einzigen Bombe ausreicht, die Zentrale zu eliminieren, müssen Ihre militärischen Stellen entscheiden. Ich kann lediglich die Angabe machen, dass acht Etagen, erbaut mit Stahlbeton, tief in den felsigen Untergrund hinein gebaut sind. Das Herz der Anlage ist im untersten Stockwerk. Über die Dicke der Betondecken kann ich leider keine Auskunft geben. Bestehen nur die leisesten Zweifel an der Tiefenwirkung einer H-Bombe, sollten kurz vor dem Auslösen dieser Bombe tief eindringende Geschosse, die Sie ja zur Verfügung haben, den Bunker öffnen.
Zwischen dem Ausschalten des elektronischen Netzes und dem endgültigen Angriff sollte möglichst wenig Zeit liegen.
Ich schlage deshalb vor, Militärmaschinen auf normalen Linienstrecken, getarnt als Linienmaschinen, schon nahe genug heranfliegen zu lassen, damit unsere Luftüberwachung keinen Argwohn schöpfen kann, bevor die Zentrale ausgeschaltet ist."

Die Zuhörer denken nach und Rhesa fährt fort: „Schwierig ist die Koordination der Zeitabläufe, die sehr exakt sein muss. Nicht ich, sondern Dal-Re bestimmt den Start unserer Aktion. Unser System wird nur für Sekunden, höchstens zwei Minuten zugänglich sein. Ich plane ein Funksignal zu senden und habe dafür eine glaubhafte Begründung. Nach meiner Rückkehr melde ich Dal-Re, dass es mir gelungen sei Viren in das abgeschirmte System der Widerstandsgruppen zu schleusen und sie deaktiviert zu haben, um zu verhindern, dass dieser Eingriff vorzeitig entdeckt werde. Ich habe dann die Möglichkeit geschaffen, diese Netze über Funk zu erreichen, um die Viren jederzeit wieder zu beleben. Sende ich nun diesen Code, den wir noch zu verabreden haben, wird sich in kurzer Zeit unser System öffnen. Dann sind Sie am Zuge. Das ist erst einmal ein Umriss."

Der Berater des Präsidenten sieht Rhesa prüfend an: „Das sind sehr weitgehende und gründlich ausgearbeitete Pläne. Wir werden das sehr sorgfältig prüfen. Im Moment nur noch eine kurze Frage. Sie werden in der Zentrale sein, um uns eine Bresche zu schlagen. Wie können Sie dann in so kurzer Zeit das Tal verlassen, um aus dem Bereich einer H-Bombe zu kommen?" Rhesa entgegnet: „Ich kann nicht handeln ohne einigen Tausend Menschen dort im Tal Vernichtung zu bringen. Auch die unschuldigen Diener und die Frauen werden sterben, es sei denn, ich gefährde alle Menschen dieser Erde. Mein Tod war gewiss, als ich von Dal-Re abfiel, er ist unvermeidlich. Auch wüsste ich nicht, wie ich mit einer solchen Schuld weiterleben sollte. Lassen wir diesen Punkt, es ist besser, gemeinsam alle Einzelheiten noch einmal genau durchzusprechen." Es wird noch ein sehr anstrengender Tag, bis alle Bedenken ausgeräumt und die Einzelheiten im Detail festgelegt sind. Spät wird Rhesa ein Zimmer zugewiesen, wo er sogleich tief und traumlos schläft.

Am Morgen wird er von dem Präsidenten und seinem Gefolge verabschiedet und mit demselben Helikopter, mit dem er gekommen ist, zurückgeflogen. Sie landen direkt vor dem Verwaltungsgebäude des Parks. Tina erwartet Rhesa strahlend, Bob ist nicht zugegen.
Rhesa geht mit Tina gleich heim, um dort in aller Ruhe von seiner Mission zu berichten. Schon unterwegs sprudelt Tina vor Ungeduld Fragen hervor, ohne dass es Rhesa möglich ist alles so schnell zu beantworten. In Tinas Heim angekommen ist erst recht vorerst keine Zeit für den Bericht vorhanden, denn beide haben Sehnsucht nach Zärtlichkeit, und das hat Vorrang.
Als sie später ermattet nebeneinander im Bett liegen, fängt Rhesa an zu erzählen und schildert den positiven Fortgang seiner Bemühungen. Als Rhesa beginnt Tina seinen Plan in groben Zügen zu entwickeln, richtet sie sich auf: „Das ist

nicht durchführbar, da kommst du doch nicht lebend wieder raus. Sag mir schnell, dass es nicht wahr ist! Ich will dich nicht verlieren, das darf nicht sein!" Tränen laufen ihr über die Wangen, sie wendet ihr Gesicht gegen die Wand, und ihr Rücken bebt von wilden Weinkrämpfen. Rhesa streichelt sie und spricht leise und zärtlich auf sie ein: „Zu keiner Zeit wäre es mir so schwer gefallen diesen Weg zu gehen. Ich liebe dich über alles und möchte stets bei dir sein, aber wir können nicht entfliehen. Wenigstens euch kann ich retten. Mein Tod war gewiss, als meine Liebe erwachte. Bitte, komm in meine Arme, deine Nähe, das ist meine Ewigkeit. Die Zeit, die mir noch bleibt, will ich genießen und deine Liebe auskosten. Dann kann ich sterben mit der Gewissheit, dass du gerettet bist." „Gibt es denn wirklich keinen anderen Ausweg? Wie soll ich dann weiterleben? Ich kann dich nicht verlieren, ich brauche dich!" Noch immer schluchzend verkündet Tina entschieden: „Ich will ein Kind von dir, damit du in ihm weiterlebst. Diesen Wunsch musst du mir erfüllen, nur so kann ich unser Schicksal akzeptieren." Rhesa ist gerührt und ein wenig ratlos: „Uns bleiben nur noch wenige Tage. Wir können uns wohl ein Kind wünschen, doch die Natur hat da ein wichtiges Wort mitzureden." Aber Tina ist fest entschlossen: „Um sicher zu gehen, werden wir eine Samenspende von dir einfrieren lassen, und falls ich noch nicht schwanger bin, wenn du mich verlässt, werde ich mich künstlich befruchten lassen. Du musst es mir versprechen!" Erneut tauschen sie Zärtlichkeiten und verschmelzen miteinander.

Plötzlich werden sie durch lautes Klingeln an der Tür in die Wirklichkeit gerissen. Die Klingel hört nicht auf Krach zu verbreiten, so wirft sich Tina schnell ein Kleidungsstück über und eilt zur Tür. Draußen steht Bob und begehrt Einlass. „Einen kleinen Moment", bittet Tina. Rhesa und sie kleiden sich hastig an und beseitigten die sichtbaren Spuren ihrer Leidenschaft. Bob ist verlegen, als er eingelassen wird, und entschuldigt sich für sein Eindringen, jedoch habe er dringend mit Rhesa zu reden. Er sei gerade von einer Sitzung der regionalen Widerstandsgruppe gekommen, dort sei man in Aufbruchsstimmung, erklärt Bob. Er sei sehr begierig zu hören, was Rhesa zu berichten habe. Sie setzen sich an den Tisch der kleinen Küche, und Rhesa erzählt noch einmal, was sich auf der Farm des Präsidenten zugetragen hat, und erläutert in groben Zügen seinen Plan, ohne alle Einzelheiten offen zu legen. Rhesa sagt Bob, dass er noch zwei bis drei Tage bleiben könne und in dieser Zeit noch einige Kontakte zu Regierung und Militär haben werde. Er bittet Bob dafür Sorge zu tragen, dass diese Treffen möglichst unauffällig im Büro der Parkverwaltung vonstatten gehen können. Und noch etwas anderes brauche er, sagt Rhesa, er brauche detaillierte Informationen über die abgeschirmten

Datennetze, doch darüber solle sich Bob erst mit den betreffenden Leuten und Personen der Regierung abstimmen. Er habe eine besondere Ausrüstung elektronischer Geräte mitgebracht, um abgeschirmte Netze zu knacken und sich zu ihnen Zugang zu verschaffen. Diese Ausrüstung müsse er morgen aus seinen Flugzeug holen und werde dann Bob in diese Technik einweisen.

Dieser Teil werde ein wichtiger Punkt für das Gelingen des Planes werden, denn es hinge alles von einer genauen Zeitfolge ab, und diese elektronischen Geräte wären die einzige Möglichkeit aus der Zentrale in Tibet ein Signal zu geben zum Starten der Aktion. Er werde Dal-Re berichten, dass die Router, die das abgeschirmte Netz zugänglich machen sollen, aus Sicherheitsgründen nicht aktiviert wären und durch ein Funksignal eingeschaltet würden. Auf diese Weise könnte dann der Aktivierungscode die von ihm eingeschleusten Viren wecken und somit auch dieses Datennetz mit den übrigen Netzen zerstören. Beim Eintreffen seines Funksignals müsse dann der Zeitplan genaustes eingehalten werden. Schon wenige Stunden nach seinem Aufbruch müsse alles bereit sein. Er hätte schon die Leute von der Regierung gebeten Bob an der endgültigen Festlegung der Abfolge aller Maßnahmen teilnehmen zu lassen, somit käme eine wichtige Rolle auf ihn zu.

„Traust du mir das zu?" Bob ist etwas verlegen, er hatte nicht damit gerechnet so weit in das Geschehen eingebunden zu werden. Rhesa entgegnet: „Dich habe ich am besten kennengelernt. Ich weiß, dass ich mich auf dich verlassen kann. Du wirst sehen, meine technischen Miniaturanlagen funktionieren ganz einfach und du wirst schnell mit ihnen vertraut sein." „Das wäre es dann wohl", druckst Bob und erhebt sich zögernd. „Ich nehme an, du kommst nicht mit rüber. Dann sehen wir uns morgen."
Rhesa spürt, wie schwer es Bob fällt ihn mit Tina alleinzulassen, doch die kurze Zeit, die ihm noch bleibt, ist zu kostbar, um sie noch durch Rücksichtnahmen zu vertun. Er möchte jede Minute, die er sich freihalten kann, mit Tina genießen, der endgültige Abschied ist ja schon so nah.

Kapitel 8   Der letzte gemeinsame Tag

Die Nacht ist voller Zärtlichkeit, gemischt mit Schwermut und Traurigkeit. An Schlaf ist kaum zu denken. Erst gegen Morgen verfallen beide in einen leichten kurzen Schlaf. Rhesa erwacht zuerst. Die Sonne scheint durch einen Spalt der Jalousien und wirft ein Gittermuster auf die gegenüberliegende Wand.

So schwer es auch fällt, draußen wartet der Tag mit seinen Forderungen und seiner grausamen Realität. Zärtlich weckt Rhesa Tina auf. Sie gehen zusammen ins Bad. Nach kurzer Morgentoilette frühstücken sie hastig und brechen gleich auf. Mit dem Geländewagen fahren sie zur Landungsstelle im Wald. Als sie beim Flugzeug ankommen, hat Rhesa das starke Empfinden mit einem anderen, weit zurückliegenden Teil seines Lebens konfrontiert zu werden. Die Landungsstelle, seine Tierbeobachtungen und Reisen rund um die Welt, wie weit ist das schon entrückt. „Du bist ein völlig anderer Mensch geworden", denkt er, und seltsam, dieser Gedanke freut ihn. Er kann nicht anders, er nimmt Tina ganz fest in seine Arme und küsst sie lange und so wild, als wolle er sie aufsaugen. „Nicht so stürmisch, junger Mann. Ich bin noch ganz ermattet. Diese Nacht war unsagbar schön, aber sehr anstrengend." Lachend gehen sie daran, alles was gebraucht wird, in das Auto umzuladen. Bei ihrer Rückkehr in die Rangerstation wartet dort bereits ein Wagen. Der Fahrer sitzt gelangweilt am Steuer. Nicht gerade sehr unauffällig, ein wartender Fahrer in einer großen Limousine direkt vor dem Office.

Als sie in Bobs Büro eintreten, wartet dort bereits Herr Solm mit drei Uniformierten. Nach der Vorstellung breitet einer der Offiziere etliche Papiere auf dem Schreibtisch aus und sagt: „Wir haben die Pläne in mehrere Gruppen geteilt und möchten sie mit Ihnen durchchecken." Er ordnet mehreren Flussdiagrammen eng beschriebene Bögen zu. „So, fangen wir mit Ihnen an. Sie fliegen am besten in spätestens zwei Tagen zurück. Ihre Aktivitäten in Folge: Ihr Funksignal nennen wir t=0, darauf werden die Zeiten normiert. In t=+1 Minute öffnet sich der Zugang zu den Datensystemen der Terrorzentrale, und eine massive Einschleusung Ihrer zur Verfügung gestellten Viren beginnt. In wenigen Sekunden werden Dal-Res Datensysteme lahmgelegt sein. Wir unterstellen, dass die Fehlfunktion der Computer im Datenzentrum sehr schnell bemerkt und sich Verwirrung ausbreiten wird. Das wäre Ihre letzte Chance Möglichkeiten zur Flucht zu nutzen. Sagen wir bei t= +7 Minuten. Dal-Re wird sicher bald verständigt und braucht etwas Zeit die Situation zu begreifen. Dann kann er Gegenmaßnahmen ergreifen. Vor t= 10 Minuten ist mit keinerlei Gegenwehr zu rechnen. In dieser Zeit hat ein auf normaler Personenflugroute wartendes Flugzeug das Ziel zu erreichen. Bei t= 9 Minuten sollten Beton brechende Geschosse abgefeuert werden, um den Bunker zu öffnen. An dieser Stelle die Anmerkung, wir brauchen eine möglichst genaue maßstabsgerechte Karte mit der Lage des Datenzentrums mit allen markanten Punkten zur Orientierung. Bei t= 9 Minuten und 15 Sekunden wird eine Megatonnenbombe ausgelöst, und das Flugzeug versucht aus der

Zerstörungszone zu entkommen. Wenn es Ihnen gelingt, bei circa 7 Minuten mit einem Flugzeug zu starten, haben Sie noch eine kleine Chance sich zu retten." Der Offizier sieht Rhesa forschend an, man merkt ihm an, dass er die Fluchtmöglichkeit für sehr unwahrscheinlich hält.

Ein wenig gereizt antwortet Rhesa: „Halten wir die Einzelheiten des Zeitplans soweit fest, bis wir die anderen Pläne durchgesprochen haben. Nur die von Ihnen erwähnte Möglichkeit einer Flucht können Sie doch wirklich nicht ernst gemeint haben. Ein solcher Versuch meinerseits müsste alles gefährden, das ist doch auch Ihnen klar. Es steht fest, dass man während eines Störfalles niemanden starten lassen würde, was sowieso nur mit vorheriger Anmeldung und Genehmigung möglich ist. Der Versuch eines unerlaubten Starts würde die Luftabwehr aktivieren. Ist die Luftabwehr erst einmal aktiviert, käme kein Flugkörper aus dem Tal hinaus und der Überflugversuch eines fremden Flugzeugs würde automatisch sofortige Gegenmaßnahmen auslösen, das heißt, das Flugzeug würde ohne einen zusätzlichen Befehl abgeschossen. Unsere Trümpfe sind die Verwirrung und Undurchsichtigkeit der Situation. Der Luftraum ist immer gut bewacht, aber niemand rechnet mit dem Ausfall des Datennetzes und dem Eintreffen eines nicht gemeldeten Flugkörpers. Bei einem Ausfall der Datenleitungen ist die Aufmerksamkeit auf die ausgefallenen Apparaturen

gerichtet. Selbst wenn das Flugzeug in diesem Trubel bemerkt werden würde, was ich nicht für sehr wahrscheinlich halte, müsste die Abwehr erst Befehle einholen, was ja beim Ausfall des Netzes schwierig wäre. Alle Reaktionen der Abwehr, die nicht automatisch ausgelöst werden, unterliegen der zentralen Kontrolle, ein wichtiger Punkt. Ein unerlaubter Start löst automatischen Alarm aus. Sie sehen ein, dass die Abwehr nicht durch ein vermeidbares Ereignis aktiviert werden darf. Das ist das Wichtigste. Außerdem wissen Sie doch genau, welcher Zeitbedarf bei einem Start nötig ist, Sie sind doch bei der Luftwaffe. Glauben Sie wirklich, dass in zwei Minuten ein Flugzeug am Boden starten und aus den Bereich einer H-Bombenexplosion fliehen kann? Wir sollten in allen Einzelheiten realistisch und aufrichtig bleiben. Ich weiß genau, was ich tue."
Bei diesen Worten hat sich Verlegenheit unter den Besuchern ausgebreitet. „Wir wollten Sie damit nicht kränken", sagt schnell Herr Solm, „lediglich eine winzige Möglichkeit aufzeigen. Doch bei den von Ihnen geschilderten Umständen stimme ich Ihnen zu, Sie haben meinen Respekt. Ich begrüße es, dass Sie diesen Teil der Operation so klar und sachlich darstellen." Kleinlaut und noch immer verlegen fährt der Offizier fort: „Kommen wir nun zu der Spezialgruppe Daten. Die Vorbereitungen, alle Server vom Netz zu nehmen, laufen bereits. Ebenso haben wir bereits

damit begonnen, Computer vor den Unterbrechungspunkten des Internets zu installieren, die dann genau bei t= 1 Minute die Virenprogramme an Ihre Server aussenden. Wir haben außerdem beschlossen alle Datensysteme, die Funk empfangen können, in der Zeit zwischen t= 1 Minute und t= 15 Minuten abzuschalten. Die stillgelegten Server rund um Tibet werden erst wieder ans Netz gebracht, wenn sicher gestellt ist, dass die Aktion einen hundertprozentigen Erfolg hatte. Leider wird auch die Auswirkung der Bombe einen weiten Bereich in Mitleidenschaft ziehen, was möglicherweise durch die Berge rings um das Zielgebiet abgemildert wird.

Nun zur Luftwaffe. Bei ihrem Einsatz ist der Zeitfaktor am schwierigsten zu planen. Wir können nun einmal nicht Flugzeuge am Boden so nah heranbringen, dass sie dort starten und in 7 Minuten die Abwurfstelle erreichen können. Wenn sie bereits in der Luft sind, können sie in dieser Zeit etwas mehr als hundert Kilometer zurücklegen. Damit der daraus resultierende Flugbetrieb nicht auffällt, sind ab der Zeit von t= minus 60 Minuten alle Zivilfluglinien gesperrt, und unsere Bomber werden sich in der Luft auf diesen Routen bereithalten. Bei dem Signal t= 0 ist auf jeden Fall einer der Bomber in oder an der Hundert-Kilometer-Marke. Es versteht sich, dass jeder der Bomber die gleiche Bombenladung an Bord hat und dass die Flugzeuge auf dem Radar nicht von

Zivilflugzeugen unterschieden werden können, da alle eingesetzten Bomber umgerüstete Zivilmaschinen sein werden."

Der Offizier breitet ein Papier aus: „Auf diesem Flussdiagramm sind die verschiedenen Teile mit der Zeitfolge noch einmal zusammengefasst dargestellt. Bei der Ausführung sollten mögliche Abweichungen von der vorgegebenen Zeit nur maximal 15 Sekunden betragen, was natürlich eine ehrgeizige Forderung ist. Alle Teile unseres Heeres werden ihr Bestes geben. Zu dem Erfolg unserer Mission gibt es keine Alternative, Gott schütze Amerika."

„Danke für Ihren Vortrag", erwidert Rhesa, „jedoch hätte ich lieber den Schutz Allahs für die ganze Welt und alle Lebewesen. Möge er Vernunft zu den Menschen bringen, dass sich nie wieder Ähnliches ereignen kann." Alle Anwesenden spenden ihm für diese Worte Beifall. „Da meine Funkgeräte geortet werden können, müssen sie hier an diesem Platz installiert werden. Wir müssen am Computer dieses Büros Zieladressen des Internets programmieren, an die der Einsatzcode weitergeleitet werden soll. Um technische Pannen zu vermeiden, sollten wir zur Sicherheit noch eine permanente Standleitung schalten, von der auch eine Verbindung zu meinen beiden Funkgeräten hergestellt werden kann. Ob es zweckmäßig ist, außerdem nach meiner Abreise eine Delegation hierherzuschicken, müssen Sie entscheiden. Nun wäre noch eines, ich benötige unbedingt alle Informationen über das abgeschirmte Datennetz. Ich hoffe doch sehr, dass niemand Bedenken hat mir diese zu geben."

Bob öffnet mit einem kleinen Sicherheitsschlüssel seinen Stahlschrank und entnimmt ihm eine CD, die er in das Laufwerk seines PC schiebt. „Bediene dich, hier sind alle Daten aufgezeichnet, alle Adressierungen und alle Verknüpfungen. Du kannst die CD auf einen deiner Datenträger kopieren. Du wirst etwas vorweisen müssen, wenn du zurückkommst. In dieser Situation ist jedes Misstrauen fehl am Platze. Die Internetadressen zur Einsatzzentrale im Pentagon habe ich bereits gespeichert. Ich denke, wir sollten gemeinsam die Verbindungen herstellen und prüfen. Nun musst du mich noch in deine Elektronik einweisen. Doch dafür müssen wir nicht die kostbare Zeit unserer Gäste in Anspruch nehmen, oder gibt es noch von Ihrer Seite Klärungsbedarf?" Mit diesen Worten wendet sich Bob an die Delegation. „Alles klar, „toi, toi, toi", sagt Herr Solm, „schon morgen wird ein kleiner Trupp Spezialisten zu Ihrer Unterstützung anrücken."

Damit verabschieden sich die Gäste, nicht ohne nochmals Rhesa und Bob ein gutes Gelingen zu wünschen.

Tina ist schon vor der Verabschiedung in ihre Wohnung gegangen und hat die verpackten elektronischen Teile geholt. Sie trifft noch in der Tür die aufbrechenden Besucher, und da sie voll beladen ist, sagt sie formlos im Vorübergehen Adieu. Nun packt Rhesa seine kleinen Wunderwerke aus und erklärt Bob sorgsam jedes Teil. „Einen Teil der Geräte werde ich wieder mitnehmen, ich hätte keine Erklärung, warum ich sie dagelassen haben könnte. Du behältst diese beiden kleinen Funkgeräte. Für den Fall, dass ich überprüft werde, müssen wir sie mit eurem geheimen Datennetz verbinden. Nachdem wir sie verbunden haben, schalten wir die Geräte ab. Ich kann sie dann mit einem Funkbefehl wieder einschalten. Das könnte aber auch zur Überprüfung stattfinden. Erst bei einem bestimmten Funkcode leuchtet diese Lampe auf, und es gibt gleichzeitig einen Alarmton, das wäre die sogenannte t= 0. Dieses Signal sollte dann über das Internet gleichzeitig zu der Einsatzzentrale weitergeleitet werden. Die Adressierung müssen wir gleich noch eingeben. Außerdem verbinden wir beide Geräte zur Sicherheit mit der besprochenen Standleitung ins Pentagon. Nach meiner Abreise müssen die Geräte 24 Stunden durchgehend bewacht werden."

Bob ist beeindruckt von den minimalisierten technischen Apparaturen. Gemeinsam stellen sie gleich Verbindungen zum Server der Parkverwaltung her, und mit Rhesas Erklärungen darf Bob alle Schaltungen selbst erledigen. Die Verbindung zu den abgeschirmten Leitungen soll über Funk erfolgen, dafür händigt Rhesa Bob einen kleinen Empfänger aus, der

mit einem der abgeschirmten Server verbunden werden muss. „Da brauchen wir nicht weit zu gehen, so ein Server steht in einem Kellerraum unter uns", gesteht Bob. „Ich bin schon lange Zeit Mitglied der Widerstandsgruppe. Es war eben Glück, dass du dich gleich an mich gewandt hast."
„Du?", fragt Tina erstaunt. „Dir hätte ich das am wenigsten zugetraut. Ich wusste, dass du mutig bist, aber du hast so ein offenes Wesen." Bob ist etwas rot geworden und meint: „Kommt, wir gehen hinunter und stellen die Verbindung her."

Im Keller dreht er an einem Gaszähler, und eine vorher nicht sichtbare Tür in der Kellerwand öffnet sich. In einem fast leeren Raum steht ein Server in einem Faradayschen Käfig. Schnell ist der Funkempfänger an einem der vielen leeren Steckplätze angebracht, eine Antenne aus der Abschirmung herausgeführt und die Verbindung durch Bob überprüft. Sorgsam verschließt er wieder den Käfig, und sie gehen nach oben. Zum zweiten Male proben sie die Schaltungen der Funkanlage durch, Bob erklärt und Rhesa überprüft die neuen Kenntnisse. Nachdem Rhesa die Funkgeräte in den Bereitschaftsmodus versetzt hat, verabschieden sich Tina und Rhesa und lassen Bob alleine zurück.

In Tinas Wohnung wartet eine Kanne mit flüssigem Stickstoff und einem Sammelröhrchen, das in dem Behälter versenkt werden kann. „Damit trage ich unsere Zukunft ins nahe

Spital", sagt Tina, „es sei denn, ich bin schon schwanger." Da sie merkt, dass Rhesa verlegen die Kanne betrachtet, fügt sie schnell hinzu: „Bei der Samenspende bin ich dir behilflich. Lass mich das nur machen." Darüber müssen beide lachen, und die etwas verkrampfte Atmosphäre ist bereinigt.

Man sollte nun meinen, der nahe Tod Rhesas hätte starke Auswirkungen auf die Stimmung der beiden, aber davon ist nichts zu spüren. Auch ohne staatliche Beurkundung werden die Tage ihres kurzen Beisammenseins zu ihren Flitterwochen und sie kosten ihre Zweisamkeit in vollen Zügen aus.

Als sie abends eng aneinander geschmiegt noch auf dem Sofa zusammensitzen, meint Tina: „Du setzt dich für diese schöne Gegend ein wie kein Zweiter. Hast du schon alle Naturschauspiele des Parks besichtigt?" Sie schaut Rhesa fragend an. Rhesa ist ein wenig irritiert. „Ich war bisher nur in einem sehr kleinen Gebiet. Ich wollte den Touristen aus dem Wege gehen. Dann kamst du dazwischen und ich hatte andere Interessen. Geplant hatte ich es noch, aber ohne Fahrzeug ist es auch nicht so einfach. Nun haben die Ereignisse alles überholt." Tina entgegnet: „Einen ganzen Tag haben wir noch. Ich möchte dir alles zeigen, hast du Lust? Mir würde es großen Spaß machen mit dir durch den Park zu pirschen. Bitte, wir können doch morgen ganz früh aufbrechen und einen Tag lang ganz unbeschwert sein. In der Nacht nehmen wir dann Abschied." Lächelnd willigt Rhesa ein, und sie begeben sich ins Schlafzimmer.

Als er erwacht, steht Tina schon marschfertig vor seinem Bett: „Aufstehen, Langschläfer! Einen schönen Urlaubstag wünsche ich dir." Rhesa zieht sich hastig an. „Wir frühstücken draußen", ruft Tina, nimmt ihn bei der Hand und zieht ihn durch die Tür zu dem wartenden Geländewagen. Nach kurzer Fahrt stoppt Tina an einem lauschigen Plätzchen, holt den Picknickkorb aus dem Wagen und bereitet ein Frühstück im Freien.

So sehr Tina sich Mühe gibt den Tag fröhlich zu gestalten, merkt ihr Rhesa doch an, dass unter ihrer zur Schau gestellten Heiterkeit der Abschiedsschmerz bohrt. Auch er muss sich zwingen unbeschwert und fröhlich zu erscheinen. Schließlich können aber doch der Frieden und die Erhabenheit der Natur ringsum beide gefangennehmen und es wird noch ein fast sorgloser Tag. Vom Rastplatz aus fahren sie über Norris Junction und Madison Junction durch den Firehole Canyon den Madison River entlang zu den dicht aufeinanderfolgenden vulkanischen Becken. Tina benutzt kaum befahrene Wege und führt Rhesa an Orte, die selten ein Fremder betritt. Sie unternehmen kleinere Wanderungen, erreichen verzauberte Winkel und pirschen sich dicht an Rudel von Bisons und Wapitihirschen heran. Zwischendurch machen sie immer wieder Pausen, um einander zu umarmen und zu küssen.

Den Firehole River hinauf fahren sie vorbei an dampfenden Geysiren, die sich zum Teil direkt in den Fluss entleeren. Sie sehen hochschießende Fontänen und farbenprächtige Becken. Sogar Old Faithful begrüßt sie, kaum sind sie in seiner Nähe, mit einer hohen Fontäne. In diesem interessanten Gebiet verweilen die beiden nur kurz, zu viele Besucher haben sich dort schon eingefunden.

Weiter geht es am großen See entlang zur Natural Bridge und zum Dragon`s Mouth. Nachdem sie im Freien zu Mittag gegessen haben, wobei sie von grasenden Bisons misstrauisch beäugt wurden, fahren sie weiter den Yellowstone River entlang zum Lower- und Upper Fall, den prächtigen Wasserfällen des Yellowstone River. Beim Inspiration Point folgen sie auf dem Kamm dem Grand Canyon of the Yellowstone, dessen farbenprächtige Sandsteinfelsen bis tief in ein schmales Tal hinabstürzen.

Dann folgt eine wilde Geländepartie, die schließlich wieder zu Mammoth Hot Springs führt. Erneut im Heim kehrt doch der nahe Abschiedsschmerz zurück, es wird keinen weiteren unbeschwerten Tag geben.

Kapitel 9   Abschied

Der Tag des Abschieds dämmert herauf. Rhesa hat kaum Schlaf gefunden. Er hat sich auf den Ellenbogen aufgestützt und beobachtet lange und wehmutsvoll im ersten matten Licht die schlafende Tina. Seine Gedanken sind diffus, er fühlt lähmende, bleierne Schwere in seinen Gliedern und den starken Drang sich zu verkriechen. Könnte er doch die Zeit anhalten oder selbst einfach nicht vorhanden sein. Aber da liegt Tina, so lebendig und schutzbedürftig, ein vollkommenes Symbol für die Natur mit allen Wesen Allahs. Nur er, Rhesa kann das bewahren. Allah hat ihn erwählt zur Errettung seiner Schöpfung, das ist Gnade und Prüfung zugleich. Der Schöpfer der Welt wird sein Leben mit Dankbarkeit in Empfang nehmen.

Tina regt sich. Hat sein beobachtender Blick sie aufgeweckt? Wie schön sie ist, dieses Bild soll bis zu seinem Ende in ihm verwahrt sein. Tina schlägt die Augen auf. „Du bist ja schon wach. Ach Liebster, ich hatte so schwere Träume, erst gegen Morgen fand ich ein wenig Schlaf." Sie kuschelt sich fest an ihn: „Warte noch ein wenig. Ich muss dich für mein ganzes Leben in mir aufnehmen. Ach, wäre dieser Morgen nie erwacht, das Leben ist so grausam." „Hülle dich nicht in Trauer, ich bin immer bei dir, unser Kind wird in einer schönen Welt aufwachsen. Ich bin so dankbar, dass ich dich finden durfte, du gabst mir erst das wahre Leben. Niemand hat die Macht uns das zu nehmen. Ich gehe froh und frei dem Kommenden entgegen. Sei fröhlich, wir stehen in der Gnade Allahs."

Tina bringt ein etwas wehmütiges Lächeln zustande. „Du hast recht, lass uns aufstehen und unser letztes gemeinsames Frühstück genießen". Als sie in der Küche am gedeckten Tisch bei Kaffee und Toast sitzen, klingelt es bereits. Tina öffnet und lädt den eintretenden Bob ein, an ihrem Morgenmahl teilzunehmen. „Ich wollte nicht stören", beginnt Bob, „doch ich hoffte euch etwas ablenken zu können, und so bin ich einfach hergekommen." „Kein Grund zur Sorge. Du siehst, wir sind gefasst", antwortet ihm Tina. „Es ist schön, wenn wir gemeinsam Abschied nehmen können". Mit diesen Worten geht Tina hinaus, um ein frisches Gedeck für Bob zu holen. „Pass gut auf Tina auf", sagt Rhesa leise, „ich vertraue sie dir an, behüte sie." Tina kommt schon mit dem Geschirr: „Was flüstert ihr? Kaum dreht man euch den Rücken zu, schon tauscht ihr Geheimnisse aus, Männergesellschaft!" Sie schenkt Bob den Kaffee ein, und alle bemühen sich die Unterhaltung mit unverfänglichen Themen fortzuführen. Nach etwa einer halben Stunde erhebt sich Bob und sagt, er hätte nun zu tun. Mit einem festen Händedruck verabschiedet er sich von Rhesa, dankt ihm und meint, er würde ihm immer ein ehrendes Andenken bewahren.

Nachdem Bob gegangen ist, bleibt Leere zurück. Tina räumt den Tisch ab und Rhesa geht ihr dabei zur Hand. Wie schnell das gemacht ist! Die Abreise lässt sich dadurch nicht hinauszögern, sie müssen aufbrechen. Rhesa zieht sich wieder sein traditionelles Gewand an und kommt sich nun in seiner früheren Kleidung fremd und ungewohnt vor, so schnell hat er sich an die bequeme westliche Kleidung gewöhnt. Gepäck hat er außer der kleinen Tasche mit den elektronischen Apparaten nicht. Tina holt den Geländewagen aus der Garage, und der Zeitpunkt für den Abschied rückt unerbittlich näher.

Auf der Lichtung wartet das Flugzeug. Rhesa steigt aus dem Fahrzeug und wartet auf Tina, die um den Wagen erst herum läuft. Sie stürzt in seine Arme, und er fühlt die Erschütterungen, in die das krampfhafte Weinen ihren Körper versetzt. „Tina, Geliebtes, sei ruhig. Ich bin immer bei dir."
„Entschuldige, ich liebe dich über alles", schluchzt Tina, entreißt sich seinen Armen, springt in den Wagen und braust davon. Mit hängenden Armen bleibt Rhesa wie versteinert am Rande der Lichtung stehen und starrt dem Fahrzeug noch immer hinterher, als es schon längst hinter den Bäumen verschwunden ist.

Wie mechanisch macht er dann alles klar zum Start. Seine Hände verrichten alles Nötige automatisch, sein Kopf ist leer. Als er startet, sieht er nur die Instrumente. Ohne seinen Blick noch einmal nach unten zu richten, überfliegt er das Parkgebiet. Als er Höhe gewonnen hat, schaltet er den Autopiloten ein und starrt mit abwesendem Blick auf die Armaturen, ohne sie richtig wahrzunehmen. Die Instrumente verschwimmen vor seinen Augen, da ist nur eine große Leere. Alles läuft wie auf Schienen. Die Welt ist schon fast von ihm abgefallen. In Denver wechselt er das Flugzeug und mahnt die Monteure ungeduldig zur Eile. Auf dem Weiterflug Richtung Paradies überlässt er die Maschine ganz sich selbst und fällt in einen unruhigen Halbschlaf.

Der Anruf vom Tower des Paradieses lässt ihn schnell munter werden. Er meldet sich und bekommt sogleich die Landeerlaubnis. Als er das Flugzeug verlässt, begrüßt ihn ein Eunuch Dal-Res und richtet ihm aus, dass die Gottheit Rhesa nach dem Abendgebet erwarte. Daheim in seinem Palast findet Rhesa alles unverändert, so als wäre er nie fort gewesen, und doch ist ihm alles so fremd, als hätte hier eine andere Person gewohnt.

Da es noch mehr als zwei Stunden bis zur Audienz sind, treibt ihn seine Unruhe hinaus in den Park. Auf möglichst abgelegenen Wegen läuft er kreuz und quer. Er hört die Vögel, atmet den Duft der Pflanzen und beruhigt sich allmählich. Es kommt fast eine fröhliche Stimmung über ihn. Pünktlich nach dem Abendgebet geht Rhesa zum Palast Dal-Res. Dort wird er gleich ins Innere zu den sonst so unzugänglichen Gemächern geführt. Der Herrscher der Erde ruht auf einer mit Kissen gepolsterten Liege: „Sei mir willkommen. Ich habe um deine Rückkehr gebetet. Meine Kräfte schwinden und ich möchte Allah erst gegenüber treten, wenn seine Feinde am Boden liegen. Ich hoffe doch, du warst erfolgreich?" „Mächtiger, Allah erhalte dich noch viele Jahre. Ich habe deinen Auftrag wie besprochen ausgeführt. Die geheimen Datennetze sind mit unseren Viren verseucht und eine Funkverbindung ist hergestellt. Ich habe die Verbindung stumm geschaltet, damit sie nicht vor der Zeit entdeckt werden kann. Mit einem Funkcode kann ich sie in Betrieb setzen, und wenn unsere Aktivierungsprogramme das Internet zerstören, werden dann auch diese Netze ausgelöscht." Dal-Re richtet sich mühsam auf: „So ist die Zeit des Handelns gekommen, Allah sei gepriesen. Du wirst ein würdiger Nachfolger. Morgen nach dem ersten Nachmittagsgebet wirst du diese Brut richten. Sieh, diese beiden Mikrochip", er greift nach zwei winzigen Plättchen, die vor ihm auf dem Tisch liegen, „der gelbe enthält den nötigen Code, um die Sperren zu öffnen, und die Routinen, um alle Daten aus dem innersten Bereich abzurufen. Danach wechsele auf den roten Chip. Der rote Chip enthält die Codes für alle deponierten Waffen. Du wählst A8 und folgst den Anweisungen, danach erst vernichte die Datennetze. Der Aktivierungscode für die Viren befindet sich wiederum auf dem gelben Chip. Ist auch das geschehen, schließe die Abschirmung wieder, obwohl nach der Erweckung unserer

Datenbomben die Gefahr eines Zugriffs von außen beseitigt ist. Wahre Wachsamkeit richtet sich nicht nur auf erkennbare Gefahren. Wenn du alles erledigt hast, komme bitte in die Moschee. Alle unsere Streiter werden dort versammelt sein und dein Handeln mit Gebeten unterstützen. Diese beiden Chips werde ich dir, um dich keinen Gefahren auszusetzen, erst nach dem morgigen ersten Nachmittagsgebet aushändigen." Die Stimme des mächtigen Mannes ist immer leiser geworden und man sieht ihm an, dass er sich beim Sprechen sehr anstrengen muss.
Rhesa versucht noch einmal das Schicksal aufzuhalten: „Können wir es nicht dabei belassen sie mit der Zerstörung ihrer Kommunikationsmöglichkeiten zu strafen?" „Solange diese Teufel noch auf der Erde wandeln, kann ich nicht in Frieden zu Allah gehen. Gehorche, und ich werde dich segnen." Kaum sind die letzten Worte zu verstehen, erschöpft schließt Dal-Re die Augen. Rhesa verbeugt sich tief: „Ich werde deinen Willen getreulich erfüllen. Was könnte für mich kostbarer sein, als deinem Willen zu folgen." Der Mann, der sich sein Vater nennt, scheint eingeschlafen oder gar ohnmächtig zu sein. Rhesa weiß nicht, ob er seine letzten Worte noch aufgenommen hat, dennoch ist es sehr wichtig keinen Zweifel an der getreulichen Ausführung aufkommen zu lassen. Leise verlässt Rhesa den Raum. Eilfertig und lautlos erwarten ihn drei der Eunuchen und gehen hinein, um über den Schlaf ihres Gebieters zu wachen.

Es sind nun noch 19 Stunden bis zum morgigen ersten gemeinsamen Gebet, lange Stunden, wenn es gilt, alles zu geben, das eigene Leben mit eingeschlossen. Rhesa hätte gerne etwas Zerstreuung gehabt, die aber nun einmal im Paradies nicht zu haben ist. Daheim in seinem Palast verrichtet er inbrünstige Gebete, seltsame Gebete, nicht die vorgeschriebenen, sondern Gebete, in denen eine ferne geliebte Frau die Hauptrolle spielt. Schließlich schläft er zusammengekauert auf seinem Gebetsteppich ein. Seine Diener schauen scheu nach ihm und decken ihn vorsichtig mit einer Kamelhaardecke zu.

Als es dämmert, erwacht Rhesa fröstelnd mit schmerzenden Gliedern. Er braucht einige Zeit, um sich zurechtzufinden, noch nie hat er in seinem Palast auf dem Boden geschlafen. Ein Bein ist mit einer Decke verwickelt, der Arm, auf dem er gelegen hat, ist eingeschlafen. Rhesa erhebt sich mühsam und versucht seine Gedanken zu sammeln. Sein letzter Tag auf dieser Erde ist angebrochen, der Tag, der seinem Leben Sinn verleihen soll. Sehnsucht nach Tina überflutet sein Herz. Es gibt nichts, was noch vor dem wichtigen letzten Schritt getan werden muss oder besser gesagt getan werden kann. Als er zum Bad geht, sind gleich Diener zur Stelle, um ihn mit allem Notwendigen zu versorgen, Handtüchern, duftenden Essenzen und neuen Kleidern. Ein Diener wartet schon, um ihm beim Ankleiden zu helfen. Heute empfindet Rhesa diese gewohnte Routine als lästig. Er hat seine Diener nie mit Bewusstsein betrachtet. Es sind doch auch Menschen,

obwohl sie gewohnt sind jeden Anschein von Persönlichkeit zu verbergen. Sie halten sich immer scheu im Hintergrund bereit seinen Wünschen nachzukommen. Rhesa denkt: „Ich habe sie doch nie gezwungen sich selbst so zu verleugnen. Was denken diese Menschen? Was halten sie von mir, was würden diese armen Kreaturen wohl machen, wenn sie wüssten, dass ich sie noch heute mit in den Tod reiße? Sie sind teilweise noch so jung, welches Schicksal hat sie hierher gebracht?"
Rhesa hält sich ziemlich lange unter der heißen Dusche auf. Endlich tritt er heraus und frottiert sich mit den angebotenen Tüchern. Während er noch unbekleidet seine Morgentoilette zu Ende bringt, stehen die Diener mit den Gesichtern zur Wand gedreht. Im Esszimmer ist der Frühstückstisch wie gewohnt hergerichtet und die Diener ziehen sich zurück. „Wenn ich sie doch wenigstens retten könnte", sinniert er, obwohl er genau weiß, dass das unmöglich ist. Niemand kann unbemerkt das Paradies verlasen.
Ohne Genuss stopft Rhesa die Speisen in sich hinein, bis er merkt, dass er mehr als gesättigt ist und sich unwohl fühlt. Wieder läuft er lange durch den Park und ist erleichtert, als das kleine Gerät an seinem Arm zum Gebet ruft. Ohne zu säumen, eilt er zur Mosche.
Das Gebet in Gemeinschaft bringt nicht die gewohnte Entspannung. Rhesa fühlt sich von lauter Totenköpfen umgeben,

die ihr eigenes Totengebet sprechen. Nun steht nur noch das zweite morgendliche Gebet aus. Er würde lieber die Gebete daheim verrichten, doch aus Vorsicht entscheidet er sich für gemeinschaftliche Gebete. Er sehnt das Nachmittagsgebet herbei, noch einmal mit den Kameraden, die er opfern wird. Gemeinsam mit ihnen wird er sich vor Allah verbeugen und sein Urteil empfangen. Rhesa wünscht sich nicht mehr denken zu müssen und nur präzise handeln zu dürfen, bis alles überstanden ist.

Als er die Mosche verlässt und in seine Schuhe schlüpft, denkt er: „Ich sollte keine Zeit mehr verlieren, nur noch an Tina denken, den schönen Stunden nachspüren, in Erinnerungen schwelgen. Tina ist mein Leben und soll es bleiben, solange ich noch denken kann."

Endlich ist es soweit, der Ruf zum Nachmittagsgebet erlöst ihn aus seiner erzwungenen Tatenlosigkeit. Bei diesem letzten Gebet macht er mechanisch die vorgeschriebenen Übungen, denkt an Tina und sammelt seine geistigen Kräfte. Alles scheint unwichtig, nicht einmal die Ewigkeit ist ihm einen Gedanken wert.

Nach dem Gebet tritt Dal-Re aus seiner abgetrennten Gebetsnische und bittet die Anwesenden sich nicht aus dem heiligen Raum zu entfernen, sondern im Gebet zu verweilen und Allah zu preisen. Ein Eunuch Dal-Res tritt in den Raum und winkt Rhesa vorsichtig ihm zu folgen. Draußen gibt der

Eunuch Rhesa ein kleines Kästchen und entfernt sich. Schnell vergewissert sich Rhesa, dass die Mikrochips in dem kleinen Behälter sind, und beeilt sich ins Datenzentrum zu gelangen. Dort wird er sofort eingelassen, und die wenigen Techniker, die hier ihren Dienst versehen, beeilen sich ihm nicht im Wege zu sein.

Kapitel10   Finale

Rhesa begibt sich an ein Funkgerät. Mit Hilfe des über dem Paradies kreisenden Satelliten sind alle Empfangsstationen der Erde bei Bedarf zu erreichen. Nun gibt er mit einer Tastatur den Befehl zur Aktivierung seiner deponierten beiden Funkgeräte und gleich danach den verabredeten Code für den Beginn der Aktion ein. In Gedanken fängt er an zu zählen, um die benötigten sechzig Sekunden abzuschätzen. Er bleibt noch etwas vor dem Funkgerät sitzen, so als warte er auf etwas, erhebt sich nach kurzer Zeit und schlendert zu einem der Computerterminals. Gemächlich öffnete er das kleine Kästchen, entnimmt ihm den gelben Mikrospeicher und schiebt ihn ohne Eile in das Lesegerät. Auf dem Monitor erscheinen die Anweisung zum Öffnen der Sicherheitsabschirmung und die Aufforderung, zur Kontrolle ein Auge vor die kleine Kamera über dem Monitor zu halten. Gleich darauf erscheint der Geheimcode auf dem Bildschirm. Derweilen hat Rhesa das Zählen beendet, markiert den Öffnungscode und löst ihn aus. Dann tut er so, als habe er sich verschluckt, hustet und räuspert sich, hustet wieder, atmet tief durch und blickt dann suchend auf den Monitor, als vergewissere er sich des ordnungsmäßigen Verlaufs. Dann schiebt er gemächlich den roten Chip in das Lesegerät. Als er meint, genug verzögert zu haben, klickt er auf den Funktionsknopf. Es erscheint die Meldung „Zielsuche?"

Doch bevor er die Auswahl „A8" treffen kann, entstehen Störungen und anschließend verlöschen alle Bildschirme. Sogleich vernimmt Rhesa die aufgeregten Schreie der noch Anwesenden. Rhesa schreit ebenfalls: „Alarm, eine unbekannte Störung! Lauft, so schnell ihr könnt und meldet es Dal-Re, alle Geräte sind ausgefallen!" Dann begibt er sich umgehend zum Fahrstuhl und lässt sich hinaufbringen zur Ebene Null. Noch nie hat Rhesa die Eingangstür zum Zentrum unbewacht gefunden, heute ist hier niemand zu sehen. Er tritt ins Freie. Der Platz vor dem Befehlszentrum ist menschenleer. Die Luft ist lau und Vögel singen. Ein tiefer Frieden scheint zu herrschen. Rhesa schlendert in den Park hinein. Sein Blick geht immer wieder zum Himmel. Endlich erscheint dort der ersehnte Kondensstreifen und strebt dem Zenit zu. Zu seinem Schrecken hört Rhesa gleich darauf die Abschüsse von Abwehrraketen. Sein Atem stockt, doch dann sieht er kleine Punkte, die sich schnell herabsenken. Gleich darauf dringt ein brechendes nie gehörtes Geräusch an sein Ohr, ein trockenes krachendes Bersten. Unmittelbar danach hebt sich der Erdboden, und Rhesa wird in die Büsche geschleudert. Er fühlt noch, wie sich seine Finger in die Erde krallen, Zweige und Blätter drängen sich in seinen geöffneten Mund, und gleich darauf ist in ihm eine aufblitzende gleißende Helle.

Epilog

Bevor die Abwehrraketen das angreifende Flugzeug erreichten, waren die Beton brechenden Geschosse und auch die Megatonnenbombe ausgeklinkt. Dank Rhesas genauen Angaben wurde das Befehlszentrum Dal-Res von den Marschflugkörpern in der Tiefe aufgesprengt. Gleich darauf zündete in Bodennähe die Wasserstoffbombe. Die Wirkung in dem abgeschlossenen Tal war verheerend, aber zum Glück für die Gebirgsbewohner außerhalb des Tales in der Flächenwirkung durch die Berge eingedämmt. Da diese Gebirgsregion rund um das Tal der Terroristen sehr dünn besiedelt war, starben im Umland nur wenige tausend Personen.

Doch zwischen den hohen Bergen entfalteten sich furchtbare Kräfte. Nachdem der Feuerball sich ausgebreitet und die Hitze alles verbrannt und verdunstet hatte, erzitterten die Bergriesen. Die Stöße der Erde wurden so stark, dass große Teile der Berge zusammenstürzten. Gewaltige Steinlawinen verschütteten das Tal und bedeckten die Aschereste der ehemals schönsten Stadt, die je auf der Erde errichtet wurde. Das Tal wurde zu einem gigantischen Grab.

In allen Ländern wurde fieberhaft daran gearbeitet, die deponierten Massenvernichtungswaffen ausfindig zu machen, um sie zu entschärfen. Alle Server des Internets wurden gründlich von eingeschleusten Viren gesäubert, bevor sie wieder an das Datennetz angeschlossen wurden. Langsam zog wieder politischer Alltag ein.

Doch es war eine andere Welt nach der überstandenen Qual und den Demütigungen, denen alle gemeinsam ausgesetzt waren. Zum ersten Male in der Geschichte gelang es den Staaten ohne Machtansprüche zu kooperieren und sich gegenseitig selbstlos zu unterstützen. Selbst die arabischen Staaten waren eilfertig bereit sich an dieser Kooperation zu beteiligen. Es war wie ein Frühling, der mit wärmender Sonne die Kälte vertreibt. Nächstenliebe hatte sich heimlich ausgebreitet, Nationen und Religionen fanden zueinander, sprachen miteinander und rangen um gegenseitiges Verständnis.

Gab es nun Hoffnung auf eine lichte Zukunft, oder war das nur eine kurzlebige Reaktion auf den Schrecken? Wie lange würde es dauern, bis die Welt wieder in gewohnte Bahnen schlüpfen würde?

In den Yellowstone Park kamen nach wie vor die Touristen, und die Parkwächter beobachteten und hegten die schöne Natur. Tina versah wie immer ihren Dienst, etwas mühsamer vielleicht, denn sie war deutlich schwanger.

Bob hatte Tina gebeten seine Frau zu werden, und nach langer Überlegungszeit hatte sie eingewilligt. Noch bevor das Kind zur Welt kam, sollte Hochzeit gefeiert werden.

Besuchen Sie mich auf Facebook und meiner Homepage
karl-heinz-haselmeyer.eu

Von Karl-Heinz Haselmeyer sind bisher bei Amazon erschienen:

Elitefrauen

Der Roman befasst sich mit dem Phänomen der Zeit verpackt in eine spannende Geschichte. Ein Team von Astronautinnen bricht zu einer Reise ins Universum auf, bei der laut Plan erst die nächste Generation die Erde wieder erreichen kann. Unerklärliche Zeitphänomene ändern alle Reisepläne. Als das ursprüngliche Frauenteam, kaum gealtert, wieder zur Erde zurückkehrt, sind Jahrhunderte vergangen und die Menschheit befindet sich durch technische Verselbstständigung im Niedergang. Durch den Einsatz der Frauen können die Gefahren, die der Menschheit drohen, abgewendet werden.

Das Fenster zur Evolution

Abenteuer in einer unberührten Natur. Nach einer Umweltkatastrophe existieren die Überlebenden in isolierten Städten und werden kybernetisch mental reguliert. Die Umwelt ist für Menschen tabu. Zur Vorbereitung einer Raumfahrt wird eine Versuchsperson ungeregelt in die Tabuzone gesandt, macht Erfahrungen mit der für ihn neuen Selbstständigkeit und erlebt die von Menschen verschonte Natur. Er muss sich mit wilden Tieren und den Naturgewalten auseinandersetzen und lernt andere Lebensformen sowie Affen kennen, dich sich unabhängig von den Menschen weiterentwickelt haben.

Uropageschichten

Der Urgroßvater erzählt seinen Enkeln von seiner Kindheit und Jugend in der Kriegs- und Nachkriegszeit in Göttingen. Ein warmherziges Jugendbuch, das auch für Erwachsene interessant ist.

Symbiose

In der Gesellschaft nimmt die Tendenz zur Selbstoptimierung zu. Was hat das für Auswirkungen auf die Persönlichkeit und die menschlichen Beziehungen, wenn ein Mensch durch die Symbiose mit technischen Objekten eine enorme Gedächtniskapazität und eine hervorragende Denkfähigkeit bekommt? In diesem Science Fiction setzt sich Karl-Heinz Haselmeyer kritisch mit den wachsenden Möglichkeiten der Medizin auseinander.

Printed in Poland
by Amazon Fulfillment
Poland Sp. z o.o., Wrocław